Wellengang

AF286185

Edition BOD

Über das Buch:

Spannung auf engstem Raum versprechen die dreizehn Krimis, die von Dorftratsch, Sturmfluten, Provinzeiern und Ehedramen zwischen Dünen und Deich erzählen. Schnell wird klar: Im beschaulichen Ostfriesland lauert der Tod! Sandra Lüpkes' packende Kurzgeschichten bereichern die norddeutsche Landschaft um kleine kriminalistische Glanzlichter.

Über die Autorin:

Sandra Lüpkes, geboren 1971 in Göttingen, lebt und arbeitet in der ostfriesischen Stadt Norden und auf der Insel Juist. Die freie Schriftstellerin hat bereits sechs Kriminalromane und zahlreiche Kurzgeschichten veröffentlicht, die unter anderem für den VS-Preis „Das neue Buch" und den „Friedrich-Glauser-Preis" nominiert waren. Auch als Sängerin von eigenen, mit Akkordeon begleiteten Chansons hat sie sich einen Namen gemacht.

„Ein Nachwuchsstar der deutschen Krimiszene" (Süddeutsche Zeitung)

Romane:
„Die Sanddornkönigin" (Leda-Verlag 2001)
„Der Brombeerpirat" (Leda-Verlag 2002)
„Fischer wie tief ist das Wasser" (rororo 2003)
„Das Hagebuttenmädchen" (rororo 2004)
„Halbmast" (rororo 2005)
„Die Wacholderteufel" (rororo 2006)

Infos und Termine unter www.inselkrimi.de

Sandra Lüpkes

Wellengang

Dreizehn Kurzkrimis
von der Küste

Edition BoD

Bücher für Entdecker
Die Books on Demand GmbH bietet Autoren durch die Zusammen-
führung von neuer Drucktechnologie und klassischen Vertriebs-
wegen eine moderne Verlagsplattform zur Veröffentlichung ihrer
Werke. Viele Debütanten, etablierte Autoren und engagierte Ver-
leger nutzen den Publikationsservice von Books on Demand und
bereichern den Buchmarkt mit vielfältigen und individuellen Titeln.
Mit der »Edition BoD« hat BoD eine Reihe ins Leben gerufen, in
der herausragende Neuerscheinungen mit regionalem Bezug einen
besonderen Platz finden. Monatlich wird in der Reihe ein Buch
präsentiert. Lesen Sie selbst, welche Entdeckungen das Programm
von Books on Demand möglich macht.

Mehr Infos auch auf www.bod.de.

Herstellung und Verlag: Books on Demand GmbH, Norderstedt
Printed in Germany
ISBN 3-8334-0706-9

Inhalt

Wellengang

Manche Leute haben Angst vor engen Räumen, vor Spinnen oder festen Beziehungen. Einige winden sich bei dem Gedanken, lebendig begraben zu werden oder eine dicke Bohnensuppe mit Fettaugen zu essen. Ich hab da was anderes.

Schon seit Kindertagen gruselt es mich ganz fürchterlich vor diesen Gitterstäben im Wellenbad, ja genau da, wo die Wellen rauskommen, ganz unten im ganz Tiefen. Ich würde eher lebendig begraben eine dicke Bohnensuppe mit Fettaugen essen, als diese Streben nur zu berühren. Und während meine Klassenkameraden Schiss davor hatten, dass King Kong abends zum Schlafzimmerfenster reinschaut, plagten mich Albträume, dass ich im Schwimmbad tauchen musste und mit meinem Fuß dort unten hängen blieb und nicht mehr an die Wasseroberfläche gelangen konnte. Dann sah ich hohlkreuzige Damen in violetten Badeanzügen von unten und wusste, ich würde hier hängen bleiben, bis mir die Luft wegblieb und noch ein wenig länger. Hua, es nutzt nichts, noch heute bekomme ich scheußliche Gänsehaut bei diesem Gedanken. Oder andere Variante: Ich tauche unter und finde eine Lücke im unterirdischen Zaun, schlüpfe aus unerfindlichen Gründen hindurch, und kaum bin ich in diesen Wellenentstehungsräumen, ist die Lücke natürlich verschwunden und ich pirsche in meinem Gefängnis hin und her wie der Tiger im zu engen Zirkuskäfig. Uuhhh.

Manchmal glaube ich, meine kindliche und bis ins Erwachsenenalter verschleppte Wellenbad-Phobie war so etwas wie ein Frühwarnsystem für das, was mich schließlich erwartete. Denn ich verliebte mich mit süßen siebzehn natürlich weder in einen Totengräber noch in einen Koch, sondern in einen Bademeister namens Marco. Ich hätte es an seinen kräftigen Oberarmen und Schultern erkennen können, dass er ein hervorragender Schwimmer sein musste, zudem roch er an den Haarwurzeln nach Chlor.

Doch erst als es schon zu spät war, was heißt zu spät, er hat mich halt gleich am ersten Abend in der Dorfdisco abgeschleppt und geschwängert, also war es bereits am nächsten Morgen zu spät, als er sich sein Sweatshirt überstreifte und sagte, er müsse zur Arbeit. Wo er denn arbeite? Im *Ocean Paradise*. Nicht, dass ich in Miami oder Malibu leben würde, wegen *Ocean Paradise* jetzt, ich wohne in Ostfriesland und habe keine Ahnung, wieso sie diesen Schwimmtempel ausgerechnet *Ocean Paradise* genannt haben, wo doch gar kein Ozean weit und breit, sondern nur ein müdes Watt vor der Haustür liegt. Und da haben sich die Anwohner rings um das neue Erlebnisbad auch ganz mächtig drüber aufgeregt, allein aus den Leserbriefen im „Ostfriesischen Kurier" hätte man ein dickes Buch machen können. Aber dem nicht genug: Es hatte Demonstrationen und Boykottaufrufe der „Gesellschaft gegen die Amerikanisierung der deutschen Sprache" gegeben, von der heimischen Teestube bis zum neuen McDonalds fanden an allen Tischen heiße Diskussionen statt, warum denn ausgerechnet *Ocean Paradise*, wo es auch so schöne Namen wie *Sprottengrotte* oder *Wattpalast* gäbe. Aber Marco arbeitete da.

Aber er war ein anständiger Kerl und blieb bei mir, als mein Bauch runder wurde. Als seine Freundin konnte ich von nun an umsonst schwimmen gehen, sooft ich wollte. Und Marco bestand darauf, dass ich diese Möglichkeit nutzte, weil ich sonst vielleicht zu fett und mein Rücken vielleicht zu krumm werden würde. Also ging ich täglich schwimmen. Immer ganz vorne im Nichtschwimmerbereich, so dass ich gerade noch im Wasser liegen konnte, ohne mit dem inzwischen nach außen gewölbten Siebter-Monat-Bauchnabel über die Bodenfliesen zu schrappen.

Marco musste immer viel rumlaufen bei seiner Arbeit. Er musste ein Auge auf die Wasserrutsche haben, auf die Whirlwannen, die Grottendusche, die Gegenstromanlage. Das *Ocean Paradise* ist nämlich saugefährlich, von daher macht es seinem weltmeerischen Namen doch alle Ehre, aber die Gefahr lauert weniger in den Wellen als in den zahlreichen Erlebnisdüsen, die an allen Ecken und Enden ohne Vorwarnung losprudeln. Also, du denkst als Schwimmer nichts Schlimmes und willst ein wenig plantschen, da kann es dir passieren, dass von einem Moment auf den anderen tausend Blasen unter dir aufsteigen, zur selben Zeit ein Massagestrahl deine Nieren malträtiert und der Schwall einer Tropendusche über deinen Scheitel läuft. Da kann man vor lauter Schreck auch schon mal im knietiefen Wasser ertrinken. So etwas kann gefährlich werden.

Marco musste ein Auge haben auf die zitterigen Omas, die faltigen Opas, die fetten Kinder. Und ich will behaupten, er machte seine Sache gut. Besonders intensiv bewachte er die schlanken Frauen in knappen Bikinis, also die brauchten sich im *Ocean Paradise* wirklich nicht vor dem Ertrinken zu fürchten.

Und jede volle Stunde ging Marco in seine gläserne Kabine und stellte das Mikrophon an. „Achtung, in fünf Minuten beginnt der nächste Wellengang, alle Nichtschwimmer bitte in den dafür vorgesehenen Bereich, in fünf Minuten beginnt der nächste Wellengang. Viel Spaß!"

Marco musste bei Wellengang ganz besonders gut aufpassen. Er stand am Beckenende, legte seine braunen Unterarme auf das Geländer, stützte sich ein wenig ab und überkreuzte lässig die Beine. Seine goldene Kette baumelte glänzend über den sich auftürmenden Wellen, er ließ seinen Blick über die Schwimmenden und Tobenden und Springenden gleiten und war, dass wusste ich, in diesem Moment hochkonzentriert, nicht ansprechbar. Obwohl ich mich selbst schon längst aus dem Wasser getrollt hatte, ich konnte einfach nicht gegen mein Herzklopfen anschwimmen, war ich mächtig stolz auf meinen Marco und seine Argusaugen.

Aber einmal war der Wellengang zu Ende und alle marschierten wieder aus dem Becken bis auf die wenigen, die wirklich schwimmen wollten, und es wurde wieder etwas ruhiger im *Ocean Paradise*, da schrie auf einmal eine Frau mit behaarten, mageren Beinen: „Jaqueline!"

Ganz schrill und hektisch, immer wieder: „Jaqueline!" So laut, dass es sämtliche zitterigen Omas, faltigen Opas, fetten Kinder und Erlebnisdüsen übertönte: „Jaqueline!"

Marco war superschnell bei ihr, auch ich schleppte mich und meinen Kugelbauch in die Richtung, aus der noch immer „Jaqueline" gerufen wurde.

„Sie war doch eben noch da! Eben noch beim Wellengang! Und sie kann doch schwimmen, und sie war doch eben noch …"

„Ist sie vielleicht auf'm Klo?", fragte Marco ganz gelassen. Er hatte wirklich eine beruhigende Art an sich. „Oder ein Eis schlecken?"

Wir rannten mit Jaquelines Mutter erst zu den Klos, dann zum Imbiss, keine Jaqueline.

„Sie hat einen pinkfarbenen Badeanzug an, blonde Haare, sieben Jahre."

Marcos Kollegen suchten wie die Irren das ganze Schwimmbad ab, aber keine Jaqueline.

„Sie war doch eben noch beim Wellengang im Wasser, ganz im Tiefen, aber ich hatte sie im Auge, und ihr Bademeister passt doch auch auf, und sie hat doch auch schon ihr Seepferdchen …"

Aber Wasserrutsche, Whirlwannen, Grottendusche, Gegenstrom-anlage, Umkleidekabinen, Saunabereich, Dampfbad, Lautsprecher-durchsage … keine Jaqueline!

Und ich dazwischen, und ich musste ständig an diese Gitterstäbe denken. Mir war ganz schlecht. Ich sah vor meinem inneren Auge die kleine Jaqueline mit ihrem pinken Badeanzug nach diesen Gittern greifen, oder die Gitter griffen nach ihr, jedenfalls war ich mir absolut sicher, dass sie etwas finden würden, wenn sie dort unten nachschauten. Aber gesagt habe ich nichts, weil alle so aufgeregt waren und durchein-ander gequatscht haben, und dann ist noch die Polizei gekommen und dann ist herausgekommen, dass die Eltern von Jaqueline in Scheidung leben und einen Streit um das Sorgerecht ausfechten und der Vater damit gedroht hat, das Kind zu sich zu holen. Und dann schien die Sache auch klar zu sein und die Suche wurde aus dem Schwimmbad in die große weite Welt verlegt, Vermisstenanzeige und Fahndungsfotos, wochenlang ohne Erfolg. Keine Jaqueline, kein Vater.

Und ich wurde immer runder. Und ganz oft schielte ich beim Schwimmen, welches für mich nach wie vor täglich und im Flachen stattfand, in Richtung Wellenanlage und dachte an das Mädchen.

Drei Wochen später suchte eine Rentnerin ihren Gustav. Sie hat nicht so laut gerufen wie die Mutter von Jaqueline, sondern ihre Panik eher in kurzen Ohnmacht-Attacken ausgelebt, doch ansonsten waren die Ähnlichkeiten der beiden Fälle frappierend: Wellengang, Gustav im Tiefen, konnte gut schwimmen, war gesundheitlich topfit, Wellengang zu Ende und Gustav weg. Nicht auf'm Klo, nicht am Imbiss, nicht bei den Erlebnisdüsen, nicht in der Umkleidekabine, nichts und nirgendwo. Und Suchaktion und Polizei und dann Gerüchte über eine jüngere Geliebte und die Vermutung, dass er mit der rassigen Mittfünfzigerin in die Toskana durchgebrannt ist. Und wieder hat keiner am Beckenende geschaut, was sich hinter den Gitterstäben Geheimnisvolles tut.

Erst als Tamara Bienkopp dann beim Schwimmen im Tiefen während des Wellengangs verschwand, wurde gemunkelt und spekuliert. Tamara Bienkopp war immerhin eine der besten Schwimmerinnen an der ostfriesischen Küste, sie war mit mir in der Grundschule gewesen und hatte schon damals einige Medaillen gewonnen, galt inzwischen sogar als norddeutsche Hoffnung für die nächste Olympiade. Zudem, und das war wohl am schlimmsten an der ganzen Sache mit ihrem Verschwinden, zudem war sie so etwas wie die Taufpatin des *Ocean Paradise*. Immerhin hatte sie das rote Band bei der Eröffnung durchschnitten und die ersten Bahnen im neuen Erlebnisbad gezogen. Und ausgerechnet sie ..., tja, ich war zwar an diesem Tag nicht dabei, weil ich kurz vor der Entbindung stand, aber Marco hat gesagt, dass alle meinten, es ginge nicht mit rechten Dingen zu.

Und prompt stand am nächsten Tag im „Ostfriesischen Kurier": *Erneut mysteriöses Verschwinden im Wellenbad*. Und in der „Ostfriesen Zeitung": *Zufall oder Fluch? Spitzensportlerin seit Besuch im* Ocean Paradise *verschollen*.

Im Fall Tamara Bienkopp gab es auch keine plausible Erklärung für ihr Verschwinden. Im Gegenteil: Die Trainingswochen für Olympia standen an und ihr Trainer beteuerte, dass sie sowohl im Kraulen wie auch im Brustschwimmen in Topform gewesen sei und dass ihr Verschwinden ganz allein auf Kosten des *Ocean Paradise* ginge, er würde die Bademeister wegen Verletzung der Aufsichtspflicht verklagen. Und so bekamen dann die ganz großen Zeitungen Wind von der Sache, ach, was heißt Wind, ein wahrer Sturm braute sich zusammen. Bildzeitung, Titelzeile *Wellenbad des Grauens*, und Stern-TV, Explosiv, Brisant, ich guck ja solche Sendungen normalerweise nicht, aber weil ständig der Marco interviewt wurde und sie immer sein Schwimmbad und diese teuflische Wellenanlage gezeigt haben, da habe ich halt mal reingeschaut.

Am Tag, als bei mir die ersten Senkwehen zu spüren waren, haben sie im Bad das Wasser abgelassen. Die Spurensicherer versprachen sich einige Erkenntnisse davon, man hoffte, kleine Stoffpartikel von Jaquelines, Gustavs oder Tamaras Badekleidung oder Ähnliches zu finden. 900.000 Liter gechlortes Salzwasser brauchen 25 Stunden, um abzulaufen. Das Befüllen dauert ganze 7 Tage. Und dazwischen lag noch eine ganze Woche, in der die Spezialisten jede Fliese, jede Fuge, jede Düse und überhaupt alles abgesucht haben. Marco war die ganze Zeit dabei und er hat mir am letzten Abend der Spurensuche erzählt, sie hätten interessante Sachen gefunden: Zwei Eheringe, ein Kondom und sogar den oberen Teil eines Gebisses. Aber einen Hinweis auf das Verschwinden der drei Personen habe es nicht gegeben. Das wäre schon übel, denn das *Ocean Paradise* hätte wegen der ganzen Sache fast drei Wochen geschlossen gehabt, zudem blieben durch diese ganzen Negativschlagzeilen die Badegäste aus, und wenn das so weiter ginge, dann müssten sie ihn bald feuern, weil sie pleite waren. Und was dann aus uns werden würde, immerhin waren wir ziemlich bald zu dritt und ich hatte ja meine Lehre nicht zu Ende gemacht und wir lebten nur von dem, was Marco als Bademeister verdiente. Und schließlich bin ich vor lauter Pessimismus in Tränen ausgebrochen. Als Schwangere ist man da ja super empfindlich, ich konnte mich gar nicht mehr fangen. Beim ganzen Schluchzen ist mir dann auch endlich herausgerutscht, dass ich überhaupt nicht gern ins Schwimmbad gehe, weil es mich so schrecklich vor diesen Gitterstäben gruselt, und nach all diesen Geschehnissen würde ich erst recht nie wieder einen Schritt in dieses Becken machen. Da könne er noch so gut auf mich aufpassen, ich würde nie wieder ins *Ocean Paradise* gehen.

Aber natürlich hat Marco das nicht besonders gefallen. Er hat sich insbesondere Gedanken gemacht, wer denn dann mit unseren Kindern schwimmen gehen würde, wo er doch arbeiten müsse, wenn er dann noch arbeiten müsse.

Und schließlich hat er mich tatsächlich zu einer Wahnsinnsaktion überredet. Ich hätte das wahrscheinlich vorher und hinterher nie wieder gewagt, aber an diesem Abend schlichen Marco und ich uns mit einer Taschenlampe ins leere Schwimmbad. Ich war ja schon vom Heulen ganz zitterig, doch als er uns mit seinem Schlüssel den Hintereingang aufschloss und wir in diesen völlig dunklen, stillen Raum traten, in dem wir, obwohl wir barfuß gingen, Schritt für Schritt einen gespenstischen Hall hinterließen, na ja, Sie können es sich vorstellen, da war ich nicht nur zitterig, da war ich selbst beinahe aus Wasser.

„Komm mit ins Becken", flüsterte Marco. „Es ist nicht schlimm, du wirst sehen. Hinter diesen Gitterstäben sind nur ein paar Kammern, in denen durch Luftdruck die Wellen erzeugt werden."

Wenn ich irgendein Wort über die Lippen bekommen hätte, dann hätte ich „Nein!" gesagt. Aber so trottete ich stumm wie ein Fisch in das ausgetrocknete Becken. Der gefliese Boden senkte sich leicht, ich konnte an den dunklen Umrissen undeutlich die Beckenwände ausmachen, wir waren schon zur Hälfte im Schwimmerbecken, normalerweise konnte ich hier schon nicht mehr stehen.

„Das gibt's ja nicht, deine Hände schwitzen ja wie Wachs", sagte Marco und zog mich weiter nach unten.

Da waren sie. Die Stäbe. Keine zwei Meter weiter grinste mich die Wellenanlage breit an. Ich blieb stehen. Wie Saugnäpfe hafteten meine nackten Füße auf dem schrägen Boden. Keinen Schritt weiter. Ich witterte das Grauen in diesem niedrigen Gefängnis. Ich ahnte schaurige Geheimnisse hinter den Gittern. Tausend Albträume meiner Kindheit, in denen ich mir diese Begegnung ein ums andere Mal in den verschiedensten Variationen ausgemalt hatte, stürzten auf mich ein und bedeckten mich gerade so, als seien die Wassermassen ohne Vorwarnung wieder ins Becken zurückgekehrt.

Marco wollte nicht aufgeben. „Komm, die letzten Meter schaffst du schon. Ich bin ja da, ist alles halb so wild ...", und dann plötzlich: „Oh, mein Gott, woher kommt dieses Geräusch?"

„... woher kommt dieses Geräusch ... dieses Geräusch ... Geräusch", hallte es von den Beckenwänden wieder, vermischte sich mit einem Plätschern. Wasser. Wasser floss mir um die Füße. Warmes Wasser. Badewannenwasser.

„Himmel, haben die den Hahn aufgedreht?", rief Marco wütend und ein wenig erschrocken.

„Nein." Ich blieb ganz, ganz ruhig. „Haben sie nicht."

„Sondern?"

„Meine Fruchtblase ist geplatzt!"

„Hier? Aber warum? Das gibt es doch nicht. Wir müssen weg hier, oh nein, scheiße, wir müssen los!"

Aber eine ganz andere Art von Welle überrannte meinen Körper und ich wusste, dass wir nicht weg konnten. Zu spät. Marco und mein Kind wollte ausgerechnet hier, an diesem schrecklichsten Ort der Welt, geboren werden. Nachts in einem stockdunklen, leeren Schwimmbad, direkt vor der Wellenanlage. Wir hatten keine Zeit mehr, wir würden es weder zum Hintereingang noch zum Auto und erst recht nicht zum eine dreiviertel Stunde entfernten Kreiskrankenhaus mit Entbindungsstation schaffen. Das Schicksal hatte es anders geplant, und nach einigen heftigen Schreien brachte ich unser Baby zur Welt, während Marco ständig fluchte und Angst um seinen Job hatte, denn jetzt würden sie ihn erst recht feuern, weil er doch nachts unbefugt hier hereingekommen war und dann noch diese Sauerei auf dem Beckenboden, er würde morgen seine Papiere entgegennehmen.

Doch es kam anders.

Statt seiner Papiere durfte Marco sich einen Gutschein für die Erstlingsausstattung abholen. *„Baby im* Ocean Paradise *geboren, Mutter und Kind nach Sturzgeburt wohlauf, Vater Bademeister hatte alles im Griff"*

Endlich mal eine durchweg positive Publicity für das Erlebnisbad. Marcos Chef war überglücklich, dass die Presse in den nächsten Ausgaben ein neues Thema für die Titelblätter gefunden hatte. Am Tag der Taufe, dreimal dürfen Sie raten, wo sie stattgefunden hat, konnte das *Ocean Paradise* sogar einen neuen Besucherrekord verzeichnen. Und so habe ausgerechnet ich dafür gesorgt, dass es mit dem Schwimmbad und der verfluchten Wellenanlage wieder bergauf ging. Ausgerechnet ich. Und mein Kind, welches auf Lebenszeit freien Eintritt haben wird.

Und wir haben auch dafür gesorgt, dass die mysteriösen Vermisstenfälle aufgeklärt wurden. Nach dem ganzen Brimborium um die Geburt im Schwimmerbecken tauchte die Tamara Bienkopp eines Tages wieder auf. Sie stand eines Tages auf dem Parkplatz, Badelaken in der Hand, so, als wäre sie die ganzen drei Wochen schwimmen gewesen. War sie aber nicht.

Sie hatte nur die Gelegenheit beim Schopfe gegriffen und sich verpieselt. Weil die Jaqueline und der Gustav ja auch schon an dieser Stelle verschwunden waren, hatte es gut in den Plan gepasst. Ach ja, der Plan: Tamara Bienkopp brauchte Geld. Das Goldfischchen war nämlich auch schwanger, von ihrem Trainer, ja, genau von dem Trainer, der so gegen Marco und seine Kollegen gewettert hatte und alle verklagen wollte. Karriere und Olympiaträume hatten sich also aufgrund der allzu körperlichen Trainingsmethoden in Luft aufgelöst. Und so hatte sich das sportliche Ganovenpärchen mit den ganz militanten *Ocean Paradise* Namens-Gegnern verbündet. Die haben eine Entführung vorgetäuscht, um dem Ruf des Wellenbades zu schädigen. Und wenn ich mit meiner dramatischen Niederkunft nicht dazwischen gekommen wäre, hätten sie in den nächsten Tagen die erste Lösegeldforderung gestellt. So hätten Tamara Bienkopp und ihr Trainer ein bisschen Publicity und eine Stange Geld bekommen, und die Extremisten der „Gesellschaft gegen die Amerikanisierung der deutschen Sprache" hätten vielleicht sogar doch die Umbenennung vom *Ocean Paradise* zur „Sprottengrotte" erzwingen können.

Das gab eine Menge Sturm in Ostfriesland, glauben Sie mir. Aber ist schon lange her. Mein Kind macht jetzt mit dem Nachwuchs von Tamara Bienkopp das Seepferdchen. Ich gehe nicht gern mit ins Wasser. Marco lacht mich dann immer aus. Er sagt, es sei doch jetzt alles geklärt und Jaqueline sei damals von ihrem Vater entführt worden, der Gustav habe mit seiner Geliebten das Weite gesucht und das Verschwinden von Tamara Bienkopp sei eine abgekartete Sache gewesen. Und nun sei es auch mal gut mit meiner Angst.

Doch wenn mein Kind zu nah an die Wellenanlage kommt, werde ich hysterisch.

Erklärungen hin oder her, Tatsache ist: Von Jaqueline und Gustav fehlt noch immer jede Spur. Und die Gitterstäbe grinsen boshaft und breit in der Tiefe.

Tupper-Party

Eine Reflektion, die Halogenleuchte mit ihrem warmen, noblen Licht überflog die Gesichter der Damenrunde. Kroch im Uhrzeigersinn über gepuderte Nasen und selbst gestrickte Mohairpullover. Als Mechthild Schäfer den glatten Plastikkörper in ihren perfekt manikürten Händen drehte, flog die Spiegelung wieder zurück. Für einen kurzen Moment verengten sich die Pupillen in den sechs interessiert geöffneten Augen ihr gegenüber.

„Der passt doch gar nicht in meinen Tiefkühlschrank", lamentierte Anke und lehnte sich im cremefarbenen Sessel zurück, nicht ohne vorher das Sahnestückchen vom feinen Kuchenteller in Beschlag genommen zu haben.

„Du brauchst eine Truhe, mein Liebchen!", flötete Siggi neben ihr, es klang süß wie die Torte, doch der Nachhall war ätzend.

„Tupper ist nicht nur zum Einfrieren gedacht, Anke", kam es ungeduldig aus der Ecke, in der Helma saß. Nur Mechthild lächelte sanft und freundlich. „Das ist ja das Tolle. Wenn du den Deckel richtig verschließt, richtig heißt: über die eine Seite zur anderen streichen, bis es leise knackt, dann bleibt der Inhalt lange, lange frisch, du brauchst nicht alles einfrieren."

Mechthild zelebrierte es geradezu. Sie öffnete den pinkfarbenen Deckel mit einem leisen „Plopp" und strich dann, fast zärtlich, die ovale Platte wieder auf den männerkopfgroßen Behälter, immer und immer wieder.

Anke starrte auf die makellosen Finger, auf die Perlmutt glänzenden, leicht gebogenen Nägel und die vielen Ringe, die sie schon so oft in „Kauf TV" bewundert hatte. Und der eine, der mit dem quadratisch geschliffenen, blauen Stein und garantiert echtem fünfhundertfünfundachtziger Gold zum einmaligen Sonderpreis von nur dreihundertneunundsiebzig statt bisher vierhundertneunundneunzig, aber nur, wenn man sofort bestellte, der war neu an Mechthilds

Hand. Er überstrahlte all die anderen Schmuckstücke, besonders den schlichten, schmalen Reif an Mechthilds rechtem Ringfinger, den sie immer noch zum Gedenken an ihren verstorbenen Ehemann trug. Diese Geschmacklosigkeit verdarb Anke den Appetit, sie stellte die Ostfriesentorte wieder auf den gläsernen Tisch.

Ihr kam das kleine Nachnahme-Päckchen in den Sinn, welches sie vor zwei Wochen für ihren Mann in Empfang genommen hatte: an Herrn Reemt de Buhr, dreihundertneunundsiebzig plus Porto und Versand, Absender „Kauf TV". Herzklopfen ein paar Tage später, als sie Geburtstag hatte. Ein Kloß im Hals, als sie von Reemt eine Bratpfanne mit Deckel geschenkt bekam. Und nun das heiß ersehnte Objekt an Mechthilds Hand.

„Verdient man bei Tupper eigentlich so gut, dass du dir dies hier alles leisten kannst?" Die Freundinnen an ihrer Seite rissen entsetzt die zu Fliegenbeinen getuschten Wimpern in die Höhe und sperrten die Münder auf, an Helmas Gaumen klebte noch Schokosahne.

„Ich wüsste nicht, was dich das angeht, liebe Anke, aber ich kann nicht klagen." Mechthild starrte ihr direkt ins Gesicht, führte die Teetasse an die Lippen und trank, ohne zu zittern. Die Lippen färbten das weiße Porzellan rosé.

„Ich weiß ja, was dich dein nettes, kleines Wochenendhäuschen hier auf der Insel gekostet hat, schließlich hast du es auf unserem Grund und Boden errichtet."

„Mit Verlaub, meine Liebe dafür habt ihr aber auch eine Menge kassiert. Ohne diesen kleinen Geldsegen hätte dein Mann den neuen Pferdestall nie errichten können. Statt dir meinen Kopf zu zerbrechen, solltest du lieber dankbar sein, dass ich euch weiterhelfen konnte."

Auch Siggi hatte an ihrem Tee genippt. Fast hätte sie sich daran verschluckt, nicht nur, weil Anke neben ihr eine längst fällige Attacke auf Mechthild losließ. Alle hier auf Juist hatten sich, mal laut, mal leise, ihre Gedanken um dieses schmucke Eigenheim der reichen Witwe aus Bielefeld gemacht. Es wurde Zeit, dass eine von ihnen es aussprach. Doch nein, dies hatte sie nicht aus der Ruhe gebracht. Vielmehr hatten sie diese grellrosa schimmernden Pigmente an Mechthilds Teetasse aus der Bahn geworfen. Genau diesen Farbton hatte sie erst gestern mit Mühe und Not von Hermanns Hemdkragen geschrubbt.

All die alten Hausmittelchen gegen Lippenstiftflecken hatten versagt, Zitrone und Salz, Zahncreme und Backpapier, es war zwecklos. Wahrscheinlich handelte es sich um so einen neumodischen „Long-Resistant-Lipstick" von der Sorte „Weil-ich-es-mir-wert-bin". Siggi waren sie immer zu teuer gewesen, obwohl die Farben ihr gefallen hatten. Und diese Farbe, so hätte sie schwören können, diese Farbe hatte sie, wenn auch nicht auf den Lippen, so aber doch auf ihren klammen Fingern und dem Scheuerschwamm gehabt.

Sie nahm all ihren Mut zusammen. „Aber was mich jetzt mal interessieren würde ... "

„Ja?", sagte Mechthild und zog die stromlinienförmigen Augenbrauen so hoch, dass sie unter ihren blondierten Locken verschwanden.

Siggi räusperte sich. „... was suchst du eigentlich hier auf der Insel? So ganz ohne Mann? Na ja, vielleicht trauerst du auch noch, aber meinst du nicht, in Bielefeld ist am Wochenende viel mehr los als hier?"

„Kinder, Kinder, was macht ihr euch für Gedanken? Habt ihr nicht genug andere Sorgen? Eure Familien, eure Gästehäuser ... oder was ihr morgen Gutes auf den Tisch bringt, hmm? Habt keine Angst, ich langweile mich schon nicht hier. Wie sagte neulich jemand zu mir: ‚Egal, wo du schon hingedüst, am schönsten ist es doch auf Juist!'" . Mechthild lachte ihr lautes, glucksendes Lachen, das sie sonst nur von sich gab, wenn jemand fragte, ob das Tupper-Messerset denn auch wirklich scharf sei.

„Das ist von Achim!", sagte Helma langsam und mit einem seltsam kehligen Unterton.

„Von welchem Achim?", fragte Mechthild glockenhell.

„Von meinem Mann. Dieser Spruch ... den sagt er ständig."

„Na, dein Mann ist aber auch ein ganz witziger", frohlockte Mechthild.

Helma erhob sich langsam aus ihrer Ecke. „Bei mir ist er eigentlich nie besonders witzig!"

Auch Anke und Siggi standen nun.

Mechthild schien mit einem Mal den Spaß an der Sache verloren zu haben. Eine Reflektion streifte packende Hände, als sie den Plastikbehälter zu Boden fallen ließ.

Zufrieden setzte Anke den mächtigen Karton auf dem hölzernen Küchentisch ab. Es machte leise „Plopp", als sie den grünen Deckel von der länglichen Dose abzog. Sie konnte einfach nicht widerstehen, und es kostete sie auch kaum Überwindung, als Bauerntochter und Pferdewirtin hatte sie schon so oft das Schlachtvieh in viele Teile zerlegt und dann portionsweise verpackt. Doch diesen Ring, den musste sie haben. Ein fester Ruck, dann hatte sie ihn abgezogen. Sie spülte ihn unter klarem Wasser ab und hielt ihn gegen das Licht. Das schimmernde Blau ließ sie lächeln, dann glitt das sanfte Gold über ihren Finger.

Sie strich den Deckel über die eine Seite zur anderen, so dass es leise knackte.

„Dann bleibt der Inhalt lange, lange frisch, du brauchst nicht alles einfrieren", sagte sie fröhlich, aber leise zu sich selbst.

Reemt kam herein, er roch nach Pferdestall, als er sie in den Arm nahm.

„Alles Gute zum Hochzeitstag, mein Schatz. Du dachtest wohl, ich hätte es vergessen?"

Hochzeitstag?, dachte sie.

Er reichte ihr ein kleines, quadratisches Päckchen. Auf dem Geschenkband stand „Kauf TV" und Anke war sich sicher, dass darin keine Bratpfanne war.

Klackklack-klackklack

Aimo Behrenzen fing schon sehr früh mit dem Geldverdienen an.

Wie alt war er, zehn oder elf? Da sah man ihn mit kurzen, roten Hosen, gestreiftem Fischerhemd und Haaren, die für einen Jungen viel zu lang waren, neben den Gleisen sitzen. Das auflaufende Salzwasser der Nordsee hatte den hartgesottenen Boden bereits getränkt und die merkwürdigen, graublauen Gewächse rochen so aromatisch wie gesunde Medizin. Es blieb noch etwas Zeit, das Schiff legte gerade dort draußen auf dem Wattenmeer an. Matrosen warfen raue Seile über Bord und befestigten die Fähre an den dunkelgrauen Dalben des Anlegers.

Heute war große Anreise. Die Osterferien hatten begonnen und man erwartete mehr als tausend Gäste, die einen kurzen Urlaub auf der Insel Juist verbringen wollten. Die ersten Frauen in hellen Kleidern tippelten den steilen Steg hinab, danach drei Kinder und ein Hund. Die Männer mit den schweren Reisetaschen ganz zum Schluss schauten sich um, und wohin jetzt? Wirklich in dieses Ding da? Diese Verniedlichung eines funktionierenden Zuges, dessen Schienen auf einem Gerippe aus Holz bis zum sicheren Boden der Insel führten? Inselbahn? Oh Himmel, was für ein Urlaubsbeginn!

Aimo schaute hinüber. Natürlich konnte er die Gespräche der Touristen nicht hören, geschweige denn ihre Gedanken lesen. Er war viel zu weit weg, fünfhundert Meter bestimmt. Doch er wusste, was die Leute dachten. Auf dem Festland war alles so modern, so tiptop, es gab seit neuestem Intercity-Züge, die irrsinnig schnell von Großstadt zu Großstadt rauschten, nicht bis Norddeich-Mole, aber immerhin bis Oldenburg. Da gab es sogar zu essen und zu trinken und eine Lautsprecherdurchsage, welcher Bahnhof als nächster an der Reihe war und auf welchem Gleis man umsteigen musste. Und dann kamen diese Festländer also nach einer langen Reise hier an und mussten ganz zum Schluss, quasi auf Tuchfühlung mit dem Urlaubsziel, in ein schlickfarbenes Züglein steigen. Dieses Erlebnis ließ die Gäste während ihres gesamten Inselaufenthaltes nicht los. Keinen von ihnen. Sogar die nicht, die es schon vom letzten Jahr oder vorletzten Jahr oder von ganz früher her kannten. Und das war es, woraus Aimo Behrenzen schon ganz früh Kapital schlug.

Bei der Sparkasse kannte man ihn. „Na, wieder mal hundert Pfennige für ‚ne Mark?", fragte der dicke Mann hinter dem Panzerglas stets. Aimo schob nur den abgegriffenen Lederbeutel in die Durchreiche und sagte nichts.

„Wie viel krieg'ste dafür? Das Zehnfache? Ich glaube schon, es ist das Zehnfache. Für was die Touristen nicht alles so Geld ausgeben ...", und der dicke Mann hinter dem Panzerglas schüttelte den Kopf. Manchmal, wenn Aimo schon fast wieder zur Tür hinaus war, rief er ihm auch noch etwas hinterher, etwas in der Art von: „Wenn du noch mal ‚nen Job suchst, so geschäftstüchtige junge Männer wie dich könnten wir hier gut gebrauchen!"

Klackklack-klackklack. Sie setzte sich in Bewegung, taumelte ein wenig über dem Meer, und bei jeder Schweißstelle in den Gleisen machte die Inselbahn klackklack-klackklack. Aimo legte die Pfennige in gerader Reihe nebeneinander. Alle zehn Zentimeter eine kreisrunde, kupferfarbene Münze auf die Schienen. Und dann warten. Am Deich sitzen und warten. Sechs Anhänger. Vierundzwanzig Mal klackklack-klackklack. Wenn die Inselbahn weiter in Richtung Bahnhof tuckerte und in der Deichdurchfahrt verschwand, sammelte er die platten, länglich verformten Kupferkleckse ein, steckte sie rasch in den abgegriffenen Lederbeutel und eilte zum Kurplatz. Aimo hatte sein Pappschild unter den Arm geklemmt. Normalerweise hatte er eine vier in „Schrift und Form", doch auf diesem Plakat hatte er eine ganze Reihe kerzengerader Buchstaben nebeneinander hinbekommen:
HIER SIND SIE MIT DER INSELBAHN
DRÜBERGEFAHREN! STÜCK 10 PFENNIG!
Und daneben legte er die Souvenirs auf eine Decke, geordnet nach Anreisedatum, und da mogelte er auch nicht, selbst wenn es nie jemand gemerkt hätte. An guten Tagen verkaufte er bis zu dreißig Stück in einer Stunde, drei Mark also bei dreißig Pfennig Wareneinsatz. Für jemanden, der nur zwei Mark fünfzig Taschengeld in der Woche

bekam, war das eine Menge Geld. Wie gesagt, Aimo Behrenzen war gut im Geldverdienen. Auf seinem Sparbuch warteten satte fünfundsiebzig Mark darauf, ausgegeben zu werden. Aimo war nicht geizig, doch er liebte es, wenn ihm Zinsen gutgeschrieben wurden und bislang hatte er noch keinen Wunsch gehabt, der ein geplündertes Konto wert gewesen wäre.

Dass für seinen Erfolg einige Dinge auf der Strecke blieben, nahm Aimo in Kauf. Einige Dinge hießen auf gut Deutsch: Freunde. Er hatte keine. Es gab da zwei, drei Jungs, die er zu seinem Geburtstag einladen würde, wenn seine Mutter Zeit dazu hätte, ihn zu feiern. „Aimo, du kannst deine Freunde gern mal mit nach Hause bringen, wenn ihr nicht so laut seid", sagte seine Mutter ungefähr einmal in der Woche, kurz bevor sie sich ihren schwarzen Rock anzog und das kurze Kellnerschürzchen um die Hüften legte. Hat er aber nie gemacht. Seine Mutter fand immer eine toll aufgeräumte Wohnung vor, wenn sie um neun Uhr abends nach Haus kam. Aimo war immer draußen und sonst wohnte da ja keiner in den zwei kleinen Zimmern mit Küche und Bad.

In der Schule war er der einzige Junge, der neben einem Mädchen saß. Er hatte es sich nicht gerade ausgesucht, doch der Platz neben Sybille Münch war einfach übrig geblieben. Wahrscheinlich, weil sie ebenfalls keine Freunde hatte. Aimo hatte nichts gegen sie. Er rechnete gern und fand die Geschichten interessant, die der Lehrer erzählte. Von Vulkanen und Erdbeben und einmal sogar von Eisenbahnen, die erste fuhr vor mehr als 130 Jahren von Nürnberg nach Fürth, das fand er natürlich besonders interessant. Aus diesem Grund nahm er das kleine, rothaarige Mädchen an seiner Seite gar nicht zur Kenntnis.

Bis eben zu diesem Tag, dem Beginn der Osterferien, als er elfeinhalb Jahre alt war, auf dem Kurplatz saß und die platt gefahrenen Pfennige verkaufte. Er freute sich, weil er dabei war, einen neuen Rekord zu brechen. Fünfunddreißig in einer Stunde und sechs Minuten, das waren mehr als ein halber pro Minute, das waren drei Mark fünfzig ...

Und dann standen ihre dünnen Beine in der Sonne und warfen gerade Schatten auf seine Verkaufsdecke. „Was machst du da eigentlich?", fragte Sybille Münch.

Meine Güte, hatte die blaue Flecken am Schienbein. Aimo war zwar den ganzen Tag an der frischen Luft, kletterte über die Bahnhofsmauer, spielte bei den abgestellten Pferdekutschen und sammelte bei Ebbe Strandgut, aber solch farbenfrohe Prellungen hatte er an seinen Beinen noch nie gesehen. „Was hast du denn gemacht?"

Sie schaute an sich hinunter, strich ihren Stufenrock glatt und versuchte, den Jeansstoff in die Länge zu ziehen. „Nix. Sport!"

Soweit sich Aimo erinnern konnte, hatte er sie nie im Rock gesehen, sie trug normalerweise lange Hosen. „Was denn für'n Sport? Catchen?"

„Musst du mich so anstarren?", entgegnete sie, doch statt beleidigt abzudampfen, wie Mädchen es normalerweise zu tun pflegen, setzte sie sich neben ihn, als wären sie Geschäftspartner.

„Lass mal sehen, was du schon verdient hast", sagte sie, griff sich ohne Zögern seinen Lederbeutel und leerte die Tageseinnahme in ihren Handteller. Schnell zählten ihre Finger die Groschen. „Und dafür sitzt du den ganzen Tag am Bahnhof rum? Würde mir ja nicht einfallen!"

„Ach ja?", keifte er wütend und schlug ihr auf den Arm, so dass das Geld herunterfiel und in den kurz geschorenen Rasen fiel. Er bemerkte ihr Zucken, sofort bemerkte er es, und für einen kurzen Moment bereute er sein Verhalten, er hatte noch nie ein Mädchen geschlagen. Doch wenn sie sich über seinen Job lustig machte? „Du hast es ja nicht nötig, Sybille Münch!"

Sie schmollte ein wenig, doch sie machte keine Anstalten, aufzustehen. „Ach, und ich dachte, wenigstens du hättest nichts gegen mich."

Aimo atmete tief durch. Das sollte mal einer verstehen. Bis vor wenigen Minuten hatte er überhaupt keine Meinung zu diesem Mädchen gehabt, dann kam sie zu ihm, setzte alles daran, ihm auf den Geist zu gehen und war dann beleidigt, wenn er sie ein wenig aufzog. Sybille Münch war nämlich ein reiches Mädchen, die sowohl einen Vater wie auch eine Mutter mit viel Zeit, einen Hund, einen kleinen Bruder und ein eigenes Zimmer hatte. Alles Dinge, die Aimo auch ziemlich gern gehabt hätte, die sich aber entweder gar nicht oder zumindest nicht mit 75 Mark kaufen ließen.

„Du hast sicher ein Problem damit, weil deine Mutter im Hotel meines Vaters arbeitet und wahrscheinlich immer erzählt, was für ein Ungeheuer er ist. Das machen alle unsere Angestellten. Die Kellner, die Köche, die Zimmermädchen."

Aimo zuckte nur die Schultern, dann trat eine ältere Dame an die karierte Decke, auf der er seine Ware präsentierte und lächelte. Er grinste zurück. „Wann sind Sie denn auf Juist angekommen?"

„Oh, mein lieber Junge", sagte die Touristin mit einer leicht jodelnden Altfrauenstimme. Da wusste er schon, dass er seinen sechsunddreißigsten Groschen so gut wie verdient hatte. „Vor drei Tagen. Das ist ja eine hübsche Idee. Ihr beide seid ja ganz tolle Kaufleute." Und prompt war der Handel perfekt.

Aimo steckte das Geldstück mit den anderen zurück in den Beutel und war sich bewusst, dass diese Sybille jede seiner Bewegungen genau beobachtete.

„Was kaufst du dir davon?"

„Ich kauf mir gar nichts!"

„So ein Quatsch. Ich hab dich schon ganz oft hier sitzen sehen. Von meinem Zimmer aus kann ich dich genau beobachten." Sie zeigte zum Dach des großen Hotels gegenüber dem neuen Musikpavillon. „Du musst schon ein kleines Vermögen verdient haben, da kannst du mir nicht erzählen, dass du dir nichts kaufst. Kaugummis?"

Er schüttelte den Kopf.

„Eine Tüte Schlickerkram von Bäckerei Habbinga?"

„Du nervst."

Sie blieb noch eine ganze Weile neben ihm sitzen, sagte zwar kein Wort, was auch vernünftig war. Leider blieb nach der älteren Dame kein Gast mehr bei ihm stehen. Aimo überlegte, ob Sybille ihm Unglück brachte. Er wusste, dass solche Gedanken Aberglauben waren, doch er gab sich dieser Schlussfolgerung trotzig hin. Kurz bevor er wirklich wütend auf sie wurde, stand sie auf und ging davon. Einfach so. Er schaute ihren nackten Beinen hinterher und konnte noch aus zehn Metern Entfernung die krassen Flecke darauf erkennen.

Verkauft hatte er nichts mehr an diesem Tag.

„Du liebst Züge, nicht wahr?"

Sybille hatte sich in den Osterferien jeden Tag ungefragt neben seinen Verkaufsstand gesetzt und kurz vor Himmelfahrt wagte sie sich das erste Mal an den Deich, wo er bislang immer unbehelligt gewesen war. Glücklich machte ihn diese Gesellschaft nicht, doch Sybille störte nicht genug, um sie zu verjagen.

Er musste kurz überlegen, auf eine solche Frage wollte er unbedingt die richtige Antwort geben. Schließlich war es schon von Bedeutung, wen oder was er liebte. „Nein, nicht die Züge. Wenn, dann liebe ich die Gleise. Die bestimmen ja schließlich, wohin die Reise geht. Verstehst du den Unterschied?"

Es freute ihn, dass sie nickte.

„Aber ich liebe die Züge. Sie bewegen sich. Sie bleiben nicht liegen wie deine faulen Gleise." Nun mussten sie lachen und es fühlte sich gut an, über eine solche Feststellung zu lachen.

„Wer verhaut dich eigentlich immer so?", fragte Aimo dann.

„Wie kommst du denn darauf?", fragte sie, und er konnte merken, dass sie nur so tat, als ginge diese Frage sie nichts an.

Klackklack-klackklack. Vierundzwanzig Mal. Er kroch zu den Schienen und sammelte die Kupferstücke ein. „So blöd bin ich nun auch nicht. Diese blauen Flecken sind nicht mehr dieselben wie die von Ostern, außerdem kenne ich keinen Sport, wo man sich gleichzeitig die Beine und den Oberkörper anschlägt."

„Geht dich nichts an!" Sie saß im Deichgras, das zu dieser Zeit dicht mit gelbem Löwenzahn übersät war, der dem eigentlichen Grün gar keine Chance ließ.

„Und warum trägst du dann immer so kurze Sachen, wenn du mir hinterherläufst? In der Schule bist du immer hochgeschlossen und hier hältst du mir deine Verletzungen direkt unter die Augen."

„Das denkst du dir nur aus." Sie lehnte sich zurück, legte sich in die kleinen Löwenzahn-Kissen und schaute nach oben. Ihr T-Shirt rutschte hoch. Klar, das war Absicht. Ein Abdruck, so groß wie ein Kartoffelpuffer, breitete sich an der Stelle aus, wo nach Aimos Biologiekenntnissen die Nieren lagen. Das musste schmerzhaft gewesen sein, verdammt noch mal.

„Meistens sind es doch die Väter, oder nicht?", bohrte er nach. Natürlich schwieg sie sich aus. „Verkloppt dein Vater dich? Sag doch mal!"

Da lachte Sybille ganz komisch. Ihr flacher Bauch zuckte dabei und sie fasste sich mit beiden Händen an die Stirn, so als müsste sie ihren

Kopf beim Lachen festhalten. Aimo hatte noch nie so etwas Trauriges gesehen. Es machte ihm richtig Angst.

Zum Glück hörte sie genauso schnell wieder auf, wie sie begonnen hatte, dann fasste sie in die Tasche ihrer kurzen Hose und holte ein grünes Portemonnaie heraus. Als sie es öffnete, quoll ein ganzer Batzen Pfennige hervor. Aimo hatte inzwischen einen guten Blick für Kleingeld entwickelt und er schätzte den Inhalt auf zwei bis drei Mark.

„Was ist denn jetzt los?" Meine Güte, war er wütend. Von einer Sekunde auf die andere. Wollte sie ihm sein Geschäft kaputt machen? „Ich glaube, du spinnst!"

Sie setzte sich wieder auf. „Mensch, Aimo, ich weiß ja, dass es deine Idee ist. Aber ich brauch doch das Geld."

„Blödsinn! Wozu brauchst du denn Geld? Du bist, glaube ich, das reichste Mädchen, das ich kenne!"

„Zum Abhauen", sagte sie ganz schnell und ganz leise.

Irgendwann nach Pfingsten kam Sybille nicht mehr.

In der Schule wollte er sie nicht darauf ansprechen, denn sie sah so schlapp aus und sprach manchmal einen ganzen Vormittag kein Wort, noch nicht einmal, wenn der Lehrer sie aufforderte, die Hausaufgaben vorzulesen.

„Fräulein Münch hält es nicht für nötig, sich am Unterricht zu beteiligen", schlussfolgerte der Lehrer und Aimo hasste ihn dafür, dass er Sybille einfach so abtat. Warum wehrte sie sich nicht?

Nach dem Unterricht war sie schnell verschwunden. Aimo war klar, dass sie vor ihm flüchtete. Die Sache mit den blauen Flecken hatte er in den letzten Wochen kein einziges Mal mehr angesprochen, auch wenn sie noch so kurze Röcke trug. Verkauft hatten sie beide ganz gut, Aimo überschlug, dass seine Kollegin sicher auch schon fast zehn Mark zusammen haben musste. Seine Geschäfte gingen schlechter durch die neue Konkurrenz, er hatte sogar das erste Mal in seinem Leben einen Kunden betrogen und einen vor vier Wochen überrollten Pfennig als ein Exemplar vom Vortag verkauft. Doch trotz allem hatte er sich an Sybille gewöhnt. Er vermisste es, sich mit ihr bei den Gleisen zu treffen.

„Was machst du denn hier?", fragte seine Mutter entsetzt, als er eines Tages nach der Schule in das Hotel spazierte. Er hatte sie noch nie auf der Arbeit besucht und staunte über die hohe Decke im Restaurant, die silbernen Kerzenständer auf den Tischen und den Mann am Klavier, der leise Musik in den Speisesaal klimperte.

„Ich will zu Sybille. Weißt du, wo ihr Zimmer ist?"

„Das ist der Privatbereich, du kannst da nicht hin, Aimo!"

„Wir wollen miteinander spielen, wir haben uns verabredet", log er.

Seine Mutter klackerte auf ihren glatten Absätzen hastig über den Flur und kam nach einer Minute mit einem großen Mann zurück. Herr Münch sah nett aus, Aimo kannte ihn vom Sehen, sie waren mal auf derselben Fähre nach Norddeich gefahren und seine Mutter hatte ganz besonders freundlich gegrüßt und ihm dann verschwörerisch ins Ohr geflüstert, dass das eben ihr Chef gewesen sei. Er war groß und kräftig, diese Ausmaße taxierte Aimo im ersten Augenblick, doch er sah wirklich nett aus. Dieselben roten Haare wie Sybille und dazu einen lustigen Oberlippenbart. „Du möchtest mit meiner Tochter spielen? Das ist aber sehr edel von dir, junger Mann. Aber Sybille muss erst ihre Schulaufgaben machen."

„Ja aber …", Aimo stotterte ein wenig. Es war schrecklich peinlich, seine Mutter und Herr Münch grinsten ihn an. „Aber richten Sie ihr bitte aus, dass sie heute Nachmittag unbedingt zu unserer Stelle kommen soll, ja?"

Herr Münch lachte laut. „Ja, das sage ich ihr sehr gerne, versprochen. Wenn du mir versprichst, dass ihr an eurer geheimnisvollen Stelle keinen Unfug anstellt!"

Aimo nickte und dann sah er zu, dass er von hier verschwand.

Um zwei Uhr nachmittags saß er dann am Deich. Nur so. Schon seit einer Woche legte er keine Pfennige mehr auf die Gleise, ihm war nicht danach. Alles hatte sich verändert, seit Sybille auf- und wieder abgetaucht war. Sie fehlte ihm. Komisch, sie hatten beide eigentlich nichts Besonderes getan. Hatten nur diese Sache mit den Pfennigen gemacht. Und manchmal gequatscht. Aimo wartete bis fünf Uhr. Sybille kam nicht. Hatte ihr Vater sein Versprechen gebrochen und ihr nichts von Aimos Besuch erzählt? Oder wollte sie vielleicht gar nicht kommen?

Er bohrte einen Finger durch die Grasnarbe und pulte frische, feuchtdunkle Deicherde hervor, die Krümel blieben unter seinen

Fingernägeln hängen und er hielt sie an die Nase. So roch sein Platz. Nach Salz und Erde. Er würde nie woanders leben wollen.

Doch Sybille wollte weg. Sie hatte es gesagt, und zwar nicht einfach so, es waren keine Kleinmädchenworte gewesen. Er war nicht näher darauf eingegangen, doch der Satz mit dem Abhauen saß ziemlich fest in seinem Gedächtnis.

Um halb sechs schloss die Sparkasse in der Strandstraße. Er stand auf und hatte es sehr eilig, den schweren Lederbeutel fühlte er in seiner Jackentasche. Das aufgeregte Gefühl in seinem Inneren machte ihm bewusst, wie gut das Geldverdienen doch war. Wenn man wusste, wofür man es ausgeben wollte, dann war Geld sogar das Wichtigste auf der Welt.

Vielleicht war es ja ganz spannend, was der Lehrer am nächsten Morgen erzählte. Thema Eiszeit, es ging um Endmoränen und mitteldeutsche Gebirge, um Flüsse und Täler, vor der Tafel war eine riesige Deutschlandkarte ausgeklappt. Doch Aimo hörte nicht richtig zu. Er beobachtete Sybille. Ja, sie schaute mit aufmerksamem Blick auf die Karte, verfolgte sie Wege auf dem Festland, man konnte ihr das Fernweh an den Augen ablesen.

Sie hatte eine neue Schramme, diesmal mitten im Gesicht. Es war das erste Mal, dass sie eine Verletzung hatte, die man nicht verbergen konnte. Himmel noch Mal, der Kratzer war nicht tief, doch er zog sich von der linken Augenbraue runter bis zum Kinn und am Mundwinkel waren noch ein paar Abschürfungen zu sehen.

Der Lehrer hatte sich Sybilles Gesicht genau angeschaut. „Bin von der Treppe gefallen", hatte sie ungefragt erklärt und der Lehrer hatte genickt. Von der Treppe gefallen, von der Treppe gefallen ... Aimo konnte nicht verstehen, warum der Lehrer diese offensichtliche Lüge nicht entlarvt hatte, sondern einfach mit dem Unterricht fort fuhr.

„Sybille", flüsterte Aimo.

„Lass mich bloß in Ruhe, du Idiot. Und besuch mich nie wieder, hörst du? Nie wieder!"

„Es ist was anderes. Ich hab was für dich!" Und dann schob er ihr den Lederbeutel rüber. Das Ding war leicht, denn es waren diesmal keine Münzen darin, sondern Scheine. Zwei Stück. Zwei Mal fünfzig.

Das Frühjahr war ganz gut verlaufen, Zinsen und Taschengeld hatten sein Vermögen aufgestockt. Sybille öffnete den Beutel, schob ihre Finger um die glatten Scheine, zog die Hand zurück, als hätte sie sich verbrannt und starrte ihn an.

Er freute sich über ihre Ungläubigkeit. „Ein kleiner Fahrplan ist auch dabei. Alle Züge ab Norddeich-Mole stehen drin. Und ab Oldenburg fahren die Intercitys, die sind ganz schnell und fahren in alle großen Städte", flüsterte er und seine Stimme überschlug sich bei einigen Silben vor Aufregung, so dass der Lehrer einen bösen Blick in ihre Richtung warf und sie für den Rest der Schulstunde schweigen mussten.

Und dann war sie verschwunden. Aimo hatte sich so beeilt, hatte alle Hefte und Stifte achtlos in den Ranzen geworfen und war nach draußen gerannt, doch ihr Fahrrad stand schon nicht mehr in den Ständern neben dem Schulhof, und soweit er den Weg die Düne hinauf einblicken konnte, war von Sybille keine Spur mehr zu sehen.

Es war ein gutes Zeichen, beschloss er zu denken. Sie würde in ihr Zimmer eilen, die nötigsten Sachen packen und dann die Abfahrt um viertel nach zwei nehmen. Also musste auch er sich beeilen, denn er wollte dabei sein, wollte an der Stelle stehen und vielleicht winken. Er war so aufgeregt, als ginge er selbst auf Reisen und fuhr direkt an den Deich.

Einen Pfennig hatte er noch. Es würde sein letzter sein. Irgendwie war es nun doch nicht mehr dasselbe, wenn sie fort war. Vielleicht sollte er Koffer fahren? Damit konnte man auch gutes Geld verdienen, man durfte sich nur nicht von den professionellen Gepäckträgern erwischen lassen, sonst gab es Ärger.

Er hatte ein feierliches Gefühl, als er das Geldstück auf die Schienen legte. Es war schließlich das erste Mal, dass er es bei einer Abfahrt machte Und sie würde darüber fahren. Das machte alles anders.

Er saß im Gras und hörte die Inselbahn einen kurzen Moment, bevor sie in der Deichöffnung auftauchte. Seine Augen schärften sich, er versuchte, durch die Scheiben zu schielen. Die Waggons waren nicht allzu voll. Er sah den Abschied in den Gesichtern der Passagiere, die ihre Augen auf das letzte Stückchen Insel hefteten. Wo war

Sybille? Wo waren die roten Haare und das Gesicht, in das er immer nur so flüchtig geschaut hatte?

Klackklack-klackklack.

Warum konnte er sie nicht sehen? Stand sie nicht am Fenster und winkte ihm zu?

Klackklack-klackklack.

Wie sollte er jetzt wissen, ob sie fort war?

Klackklack-klackklack.

Dann schob sich die Bahn in die Kurve und folgte den Gleisen auf das graue Watt. Er hatte sie nicht gesehen.

Aimo schob sich im Sitzen an die Gleise heran. Da lag es. Ein Andenken. Platt und unförmig, kupferrot und grau. Es war so leicht, dass man das Gewicht in der Hand kaum spürte. Er ließ es in seine Hosentasche gleiten und beschloss, es auf ewig zu behalten.

Kleine Jungen nehmen sich viel vor.

Die Mutter fand das Ding beim Wäscheaufhängen. Es klimperte auf den Boden, sie hob es auf, schaute nur kurz darauf und warf es in den kleinen Eimer in der Ecke, in dem alle diese seltsamen, unnützen Kupferplättchen landeten, die sie in den letzten Jahren aus seiner Kleidung gefischt hatte.

Vielleicht war die Zeit ja jetzt endlich vorbei. Seit zwei Wochen verdiente er sich nun ein paar Mark beim Kofferfahren, ihr lieber, ihr fleißiger Aimo.

Und sie musste seufzen bei dem Gedanken, wie viel Glück sie doch hatten.

Glück kann man nicht kaufen.

Was nutzte ihrem Chef das ganze Vermögen. Es muss schlimm sein, dachte Aimos Mutter, unvorstellbar schlimm, wenn das eigene Kind spurlos verschwindet.

Wieder ein Seemann

Das laue Sommerlüftchen verfing sich in den weißen Segeln und blähte das dreieckige Tuch auf wie ein kleiner Sturm. Wind aus Südost. Ideal für einen abendlichen Törn in den Sonnenuntergang. Die Silhouette der Vogelinsel zeichnete sich glasklar vor dem roten Himmel ab, dorthin wollte er. Ein paar Stunden seine Ruhe haben. Möwengekicher und Wellengeflüster waren kein Lärm. Wenn man den ganzen Tag in der Werfthalle stand und die Sägen und Bandschleifer und Fräsen ihrer Beschäftigung nachgingen, dann waren die Geräusche des Wattenmeeres eine zarte, kleine Gute-Nacht-Musik.

Harm streichelte fest über den Körper seiner Katharina, deren Kiel sich wonnig seinen Weg durch das Salzwasser suchte. Schöne, runde Formen, ein sanft hölzerner Rumpf, eine glatte Messingreling, dieses Boot war das perfekteste, das geliebteste von allen. Und Harm hatte schon über hundert dieser Sorte gebaut. Die kleinen Segelschiffe waren perfekt für die Reise auf flachem, sandigem Küstengewässer. Seit er sie entwickelt hatte, verkauften sich die Modelle wie von selbst. Aus Mahagoni oder Haselnuss, ob farbig lackiert oder natur, er hatte unzählige Einzelstücke handgefertigt, liebevoll geplant, sorgfältig erschaffen. Doch Katharina war die Schönste von allen.

Er dachte den ganzen Tag an sie, an sie und seinen Plan, der ihm schon so lang auf dem Herzen lag und den er nun endlich, endlich zu Ende bringen wollte.

„Du rauchst zu viel!"

„Mach dir keine Sorgen um meine Gesundheit, Everhard. Wir haben ganz andere Probleme!"

„Wir?" Er kippte den Tee hastig herunter, ein Wunder, dass er sich nicht den Gaumen verbrühte.

Unter seinen Fingernägeln klemmte feines Holzmehl und sein Hemd roch nach Lösungsmitteln. Er war direkt aus der Werkstatt zu ihr gekommen, ohne sich zu duschen oder zumindest ein wenig Seife an seine rauen Hände zu lassen. Es störte sie nicht, im Gegenteil. Katharina liebte es, wenn er keine Sekunde verstreichen ließ. Harm packte immer so gegen halb sechs die Segelklamotten zusammen, wünschte einen schönen Feierabend allerseits, stieg in sein geliebtes Boot, welches nur wenige Schritte von der Werft entfernt am eigenen Bootssteg schaukelte, und verschwand innerhalb weniger Minuten auf dem Wattenmeer. Und Everhard ließ alles stehen und liegen, kletterte heimlich die hintere Feuertreppe hinauf, schob sich durch die Balkontür in ihr Büro und legte seinen Körper auf den ihren.

Die Zigarette danach war fast das Beste an der ganzen Sache. Der Geschmack des Rauches passte sehr gut zu dem Gefühl, das sie hatte, wenn sie ihren Mann betrog.

„Ich habe kein Problem mit der Sache. Von mir aus könnte es ständig so weitergehen, Katharina, ich liebe den Reiz des Verbotenen. Komm bitte nicht auf den Gedanken, wegen mir deinen Mann zu verlassen.“

Sie zog so gierig am Filter, dass sich die Glut schnell in den Tabak fraß und ein graues Skelett an der Zigarettenspitze stehen ließ. Dann tippte sie mit dem Finger dagegen und ließ die Asche auf das teure Sofa rieseln. „Gut, dann habe ich eben ganz andere Probleme. Ist doch auch egal, am Ende betrifft es ohnehin uns beide, wenn er dahinter kommen sollte.“

Everhard schenkte sich noch etwas schwarzen Tee in den Becher. Sie wusste, er liebte dieses Getränk, so wie sie ihre Raucherei, deshalb setzte sie gleich das Wasser auf, sobald sie hörte, dass Harald die Segel hisste. Sie zündete jedes Mal ein paar Kerzen an, wenn sie auf ihn wartete. So roch es in ihrem sonst so sterilen Büro bereits nach sattem Tee und warmen Kerzenwachs, wenn er die Balkontür hinter sich zuzog. Dann schoben sie die Aktenordner vom Mahagonitisch oder trieben es auf dem Sofa, wo Katharina normalerweise Geschäftsgespräche mit gutbetuchten Kunden führte, die sich für einen Batzen Schwarzgeld ein edles Boot aus ihrer Werft gönnen wollten. Gott sei Dank musste sie nicht mehr selbst in die Werkstatt, irgendwann hatte Harm ihr den geschäftlichen, den sauberen Part des Familienunternehmens überlassen. Wenn er wüsste, welch schmutzigen Dinge sie veranstaltete …

Eine lange Zeit ging es schon so. Viel zu lang, um sich noch weiter damit zufrieden zu geben. Sie wollte nicht mehr über ein Leben voller Sägespäne nachdenken.

Einfach nur so dasitzen. Einen Becher Tee in der Hand. Eine frische Pfeife im Mundwinkel. Es war doch so einfach, glücklich zu sein. Warum tat er sich den Stress mit der anderen Katharina eigentlich noch an?

Liebe war es doch schon lange nicht mehr, jedenfalls keine, die sich mit dem Gefühl des Zufriedenseins paarte. Ein erfolgreiches Unternehmen, ein eingespieltes Team, ja, vielleicht war auch das so etwas wie Liebe. Doch es brachte nicht diesen Frieden in seine Glieder, wie es ein Moment wie dieser hier zu tun vermochte.

Zuerst war Harm enttäuscht gewesen, als seine Frau nach und nach das Interesse am Segeln verlor. Immerhin war sie Bootsbauerin. Sie lebten beide von den Masten, den Segeln, den Kielen. Und am Anfang hatten sie es auch beide geliebt, eng auf den Booten zu sitzen und sich von der Stille des Wattenmeeres umhüllen zu lassen. Es war eine schöne Zeit gewesen, damals. Und nun war sie vorbei und er vermisste sie trotzdem nicht. Diese Zeit. Inzwischen war er sich selbst genug. Er und Katharina. Katharina die Erste. Ein Traumpaar.

Wenn er richtig nachdachte, dann war es jetzt vielleicht sogar noch besser als zuvor.

Er musste etwas tun. Am liebsten heute noch. Welch ein schöner Gedanke, mit seiner einzig wahren Liebe durchzubrennen. Einfach das Wattfahrwasser verlassen und zwischen den Inseln hindurch in die Nordsee entfliehen, er und Katharina, bis sie vielleicht nach Helgoland kamen und von da ab immer weiter.

„Es ist nicht so, dass ich dich unbedingt haben will, Everhard. Bilde dir bloß nichts ein. Es ist nur so, dass ich ihn nicht mehr ertragen kann. Er widert mich an mit seinen durchgescheuerten Jeans und diesem sorglosen Kleinjungengemüt. Harm ist stehen geblieben und ich bin dabei, ihm davonzurennen."

„Meine Güte, dann lass dich doch scheiden, du sackst die Hälfte des Vermögens ein und machst dir in Hamburg oder sonst wo ein feines Leben", maulte ihr Geliebter und kratzte sich ausgiebig und geräuschvoll durch die Brustbehaarung.

Er verstand nicht, worum es ging. Er kannte nicht den Inhalt der Akten, die sie bei der Liebe als Kopfunterlage benutzten. Und Harm kannte sie auch nicht. Doch bei einer Scheidung würde er sie kennen lernen, und dann war nichts mit einem feinen Leben in Hamburg oder sonst wo, eher mit einer engen Pritsche in der Justizvollzugsanstalt.

Wenn er doch nur einfach verschwinden würde ...

Diesem Gedanken hatte sie viel Zeit geopfert. Was wäre, wenn Harm einfach verschwinden würde, auf Nimmerwiedersehen? Und heute hatte sie den Verlockungen dieser Gedankenspielerei nachgegeben. Es war doch so einfach. Sie kannte sich aus in den Booten. Sie wusste, wo die Schwachstellen der Gasleitungen lagen. Und sie kannte ihren Mann und wusste, dass er sich stets auf dem Wattenmeer in aller Ruhe eine Pfeife ansteckte.

Harm hielt das Ruder fest in der Hand und schaute zum Segel hinauf. Der Wind war wirklich optimal, er müsste nur weiter den Kurs halten, dann würde er gleich die Vogelinsel hinter sich lassen, könnte mit dem Kiel in die Emsströmung eintauchen und von dort immer weiter hinauf, und dann ...

Harm seufzte. Er konnte doch nicht so einfach verschwinden. Er konnte doch die andere Katharina nicht allein lassen. Vielleicht sollten sie miteinander reden. So wie früher einmal. Vielleicht würde sie seine Wünsche ja verstehen ... Und ihn gehen lassen ...

Doch heute war nicht der richtige Tag dafür. Harm lehnte sich zurück. Vielleicht morgen. Er wollte erst einmal in Ruhe die Pfeife rauchen, die er sich zu Beginn der Fahrt so sorgsam gestopft hatte. Wo waren die Streichhölzer?

„Du rauchst zu viel!", sagte Everhard schon wieder.

Er konnte ja nicht ahnen, wie nervös sie war.

„Wo sind die Streichhölzer?", fragte sie ungeduldig. Doch Everhard kratzte sich immer noch die Körperhaare und zuckte die Schultern.

Katharina streckte ihren Hals und beugte den Kopf, so dass sie mit dem Ende der Zigarette die Kerzenflamme berührte.

„Das soll man nicht tun", brummte Everhard. „Du weißt, was es bedeutet, wenn man sich die Zigarette an einer Kerze anzündet!"

„Wieder ein Seemann, der sein Leben lassen muss", stieß Katharina hervor, während sie gierig am Filter zog, so dass sich die Glut schnell in den Tabak fraß und ein graues Skelett an der Zigarettenspitze stehen ließ.

Die dritte Giraffe

Shoona Wish heißt sie jetzt. Als ich sie vor zwei Monaten bei unserem Klassentreffen wiedergesehen habe, da sagte sie mir, sie tanze die dritte Giraffe im Musical „König der Löwen" in Hamburg. Und da könne man ja schlecht Inse Baumhüter heißen, so als dritte Giraffe, deshalb Shoona Wish. Künstlername. Und Rastazöpfe hat sie, sicher hundert Stück in ihrem rotblonden Haar, es sieht seltsam aus, seltsam und attraktiv.

„Besuch mich doch mal, wenn du nach Hamburg kommst", hatte sie gesagt, und Küsschen rechts und Küsschen links gegeben.

Ich träume oft von Inse Baumhüter. Öfter als von meiner Frau, meinen zwei Kindern, meinem Job als Programmierer. Inse Baumhüter hat mich schon so oft in meinen Träumen besucht, dass ich manchmal abends einschlafe und das Gefühl habe, wir seien verabredet. Daher kenne ich ihre weißen Hände auf meiner Haut, sie spreizt grazil den kleinen Finger, wenn sie mich unter dem Bauchnabel streichelt. Und ihre Beine sind fest wie die Seile eines Segelbootes, sie kann sie dehnen und strecken, in allen erdenklichen Winkeln vom Körper abheben. Das hat sie schon damals in der Schule gekonnt, in Wirklichkeit jetzt, und in meinen Träumen bindet sie die Muskeln der Waden um meine Hüfte und tanzt auf mir. Schöne Träume. Ich litt noch nie unter Schlaflosigkeit, seit ich Inse Baumhüter kenne.

Mein Chef erzählte mir erst in der vorigen Woche von dem Zwei-Tage-Seminar an der Alster. Er hätte es total verschwitzt, aber Widerstand sei ohnehin zwecklos, ich müsse dahin, um auf dem Laufenden zu bleiben, ob seine Sekretärin ein Hotel für mich suchen solle.

Tja, und da sagte ich: „Nein, danke! Nicht nötig! Ich habe eine gute Bekannte in Hamburg, die ich ohnehin einmal besuchen wollte." Und in Gedanken fügte ich hinzu: „Es wird höchste Zeit, dass ich sie endlich mal flachlege."

Flachlege! Normalerweise benutze ich solche Ausdrücke nicht, aber ich habe es tatsächlich gedacht. Flachlegen! Gedacht und gefühlt. Meine Frau ist wenig begeistert von Hamburg. Unsere Älteste hat ausgerechnet an diesem Mittwoch Geburtstag, und außerdem müsse sie dann auf ihren Abendkurs im Weiterbildungszentrum verzichten, das wäre ja mal wieder typisch für meinen Chef, dass er so mir nichts, dir nichts die Interessen seiner Angestellten übergehe, insbesondere die Interessen der Angehörigen seiner Angestellten. Ich tröste sie, verspreche ihr ein Mitbringsel der gehobenen Kategorie und einen Anruf zum Geburtstagsfrühstück meiner Tochter, dann küsse ich sie und steige in meinen Wagen, um nach Hamburg zu fahren, genau genommen in die Lange Reihe, St. Georg, Szeneviertel, Künstler-WG, Ausziehsofa, Rastazöpfe.

Angemeldet bin ich nicht, weil es in diesen Musiktheaterkreisen bestimmt ziemlich unüblich ist, sich anzumelden. Da klingelt man einfach, oder, weil die wahrscheinlich gar keine Klingel haben, geht durch den Hinterhof eine Feuerleiter hinauf und steigt durch ein geöffnetes Fenster. So stelle ich mir das vor.

Das Seminar beginnt erst am nächsten Morgen, ich kaufe mir auf dem Schwarzmarkt an den Landungsbrücken ein Ticket für die 20 Uhr Vorstellung, vorderstes Parkett, mit knapp hundert Euro maßlos überteuert, aber ich habe auf der Besetzungstafel am Bootsanleger gelesen, wer die dritte Giraffe tanzt, und dann war mir nichts zu teuer: Shoona Wish!

Man setzt auf einem Schiff zum Theater über, schicke Menschen eng gedrängt auf einer schaukelnden Barkasse, aber ich schaue nicht nach draußen, sondern blättere im Programm, und da steht wieder ihr Name, zwischen ganz vielen anderen, leider ohne Bild und Lebenslauf, das gibt es nur bei den Einzeldarstellern.

Das Theater ist imposant mit gelber Folie bespannt, sieht aus wie ein sonniger Iglu, doch ich bin zu ungeduldig, um das alles wahrzunehmen, sitze als einer der ersten auf dem Platz. Dann geht es los und die Musik ist mächtig und überwältigend. Ich denke an Inse Baumhüter auf der Abiturfeier, eigene Performance zu den Klängen des Schulorchesters, gewagte Posen zu langweiliger Musik, ich habe sie vergöttert damals und ich war so stolz, zu ihren besten Freunden zu zählen. Ausgerechnet ich. Der Systematische, der Theoretiker, der Unkreative. Ich war es, der sie nach diesem Auftritt heimfahren durfte, ich war es, der ihr die Unterlagen für die Bewerbung an der Stage School Of Music, Dance And Drama in Hamburg zusammenstellte, ich war es, dem sie um den Hals fiel, als sie angenommen wurde.

Leider bin auch ich es gewesen, dessen Briefe sie nicht mehr beantwortet hatte. Weil es bergauf ging mit ihrem Leben, während ich mich auf dem Weg geradeaus befand. Ich kann sie ja auch verstehen. Hauptsache, ich treffe sie ab und zu in meinen Träumen. Oder wenn ich auf meiner Frau liege und die Augen schließe.

Ich kenne das Lied. „Circle Of Life", Elton John, na klar, ich habe doch die CD zu Hause im Schrank. Aber hier klingt es anders, bombastischer, außerdem ist die Bühne in feuriges Rot getaucht, eine gigantische Sonne aus Unmengen von Papier schwebt über allem. Ich halte die Luft an. Die Giraffen kommen. Alle gleichzeitig. Welche ist denn nun die dritte? Sie schreiten auf Stelzen oder so, haben scheinbar Gestelle auf den Schultern für den langen Hals, tragen Tücher an ihren Körpern, die Gesichter sind unter Masken verborgen. Kann ich sie ausmachen? Erkenne ich irgendeine Eigenart wieder, einen Tic beim Gehen, eine Bewegung beim Kopfnicken, die mir bekannt vorkommt? Hilflos bemerke ich, dass da nichts ist, was mich in irgendeiner Weise an Inse Baumhüter erinnert. Trotzdem ist die Vorstellung toll, wirklich, kurz flüchtet ein Gedanke nach Hause und ich nehme mir vor, einmal mit meiner Frau hierher zu kommen, ganz allein und ohne Kinder. Zum zehnten Hochzeitstag vielleicht. Oder zwei Karten als Mitbringsel der gehobenen Kategorie. Gefallen würde es ihr, sie mag Elton John.

Zweimal kommen die Giraffen noch auf die Bühne. Ich bewundere ihre sicheren Schritte auf den unendlich langen, künstlichen Beinen. Und ich klatsche am heftigsten bei den Tieren, als die Vorstellung zu Ende ist. Die anderen um mich herum klatschen natürlich mit Schmackes, als Simba der Löwe nach vorne tritt, doch ich haue meine Handflächen wie ein Wahnsinniger aufeinander, als sich die Tiere in einem großen Pulk verbeugen. Affen und Hyänen und Antilopen und Elefanten und eben Giraffen. Sie waren großartig.

Dann bleibe ich sitzen, bis alle anderen aufgestanden und aus dem Theater gegangen sind, überlege noch, ob ich mich zum Bühnenaufgang schleiche und dort auf sie warte, bis sie mit ihren aufgedrehten Künstlerkollegen aus der Garderobe kommt. Aber dann entscheide ich mich für einen ausgiebigen Fußmarsch vorbei an der Speicherstadt in Richtung St. Georg. Es ist schon nach elf.

Als ich in der Langen Reihe ankomme, ist es nach Mitternacht. Ich ziehe meinen Rollenkoffer hinter mir her und er springt auf dem Kopfsteinpflaster, welches die Monotonie des asphaltierten Gehsteiges ab und an unterbricht, und schließlich stehe ich vor dem richtigen Haus. Es ist grau und langweilig. Na gut, die Fenster sind groß und über den Scheiben sind Blumenornamente, die ein wenig an Jugendstil erinnern, aber der triste Putz macht jeden Charme zunichte, und ich spüre ein wenig Enttäuschung darüber, dass meine künstlerische Freundin in diesem Szeneviertel nicht ein ausgefalleneres Miethaus bewohnt. Auf der Klingel, also hat sie doch eine, stehen zwei Namen. Ihr bürgerlicher und der Künstlername. Wish/Baumhüter. Also wohnt sie allein, schlussfolgere ich. Dann muss sie gut verdienen als dritte Giraffe, eine Mietwohnung in Hamburgs Innenstadt kann sich nicht jeder leisten. Ich drücke den länglichen Knopf. Keiner macht auf. Ich blicke nach oben. Kein Licht geht an. Mir fallen diese After-Show-Partys ein, und ich befürchte einen Moment, dass Inse Baumhüter noch lange nicht nach Hause kommt, weil sie ihren Triumph als dritte Giraffe auskosten will. Ich klingele noch einmal. Gegenüber ist ein Hotel, es sieht einladend aus, auch wenn in der Kneipe im Erdgeschoss auffällig viele Männer in lilafarbenem Licht herumhocken, vielleicht sollte ich der ersten Nacht doch lieber ins Hotel? Dann kommt eine Frau aus dem Haus, ich grüße freundlich, sie sieht mich missbilligend an und geht weiter, wahrscheinlich hat sie gleich gemerkt, dass ich hier irgendwie fehl am Platz bin, niemand sonst hier scheint einen Anzug und einen Koffer mit Rollen darunter zu tragen. Ich schiebe meinen Fuß in den Flur und schließlich auch den Rest von mir. Stehe im Treppenhaus. Inse wohnt sicher ganz oben, denke ich, denn es würde zu ihr passen, ganz oben zu wohnen, mit Dachschrägen im Zimmer und kaum Platz zum Stehen, dafür einem riesigen Bett auf dem Boden, aber sie wohnt im Erdgeschoss. Ihre Namen stehen auf einem Emailleschild. Wish/Baumhüter.

42

Die Tür ist angelehnt und ich trete ein.

Und stolpere. Direkt im unbeleuchteten Flur liegt ein Mensch auf dem Boden. Ich suche den Lichtschalter, es ist noch so ein alter, schwarzer zum Drehen, und als die nackte Glühbirne angeht, sehe ich, dass die Frau, über die ich gestolpert bin, tot sein muss. Sie hat dunkle Haut, exotischer Typ, ihre Arme sind schlank und liegen verdreht neben dem Körper. Die Jacke, aus Leder übrigens, ist ihr halb von den Schultern gerutscht und breitet sich unter ihr auf dem Holzfußboden aus. Sie trägt Sportklamotten, edles Grau, hebt sich geschmackvoll von ihrem kakaofarbenem Dekollete ab, im streich-holzkurzen, schwarzen Haar klebt Blut, am langen Hals sind seltsame Druckstellen auszumachen. Es ist nicht Inse Baumhüter.

Ich bin kein Arzt. Hilflos nehme ich den Arm und suche den Puls, aber da ist nichts, schließlich beuge ich mich über den fremden Brust-korb, lausche unter den Busen, aber da ist auch nichts. Sie hat breite Lippen, an der Innenseite sind sie rosa, ich versuche ihr meinen Atem einzuhauchen, bestimmt zehn Mal, aber da ist immer noch nichts. Und dann kommt die Panik.

Jetzt sitze ich hier weit nach Mitternacht in einem dieser verruchten Stadtviertel mit einer Toten im Flur meiner Schulfreundin, die ich doch eigentlich flachlegen wollte. Kurz habe ich in Erwägung gezogen, die Polizei zu rufen. Aber die Flüchtigkeit dieser Idee reichte noch nicht einmal dazu aus, mein Handy aus der Jacke zu holen. Denn ein anderer Gedanke schoss mir in den Sinn: Inse Baumhüter. Und was sie damit zu tun haben könnte. Sicher kam sie gleich aus der Vorstellung, verschwitzt und müde, und dann würde sie in ihrer Wohnung neben einer toten Frau, die ja vielleicht eine Freundin von ihr war, auch noch den guten alten Schulfreund und einen Haufen dieser abgebrühten Großstadt-Cops antreffen. Das wäre sicher zu viel für ihre sensible Künstlerseele. Ich beschließe, die Leiche ein wenig in den Flur zu ziehen, damit die Tür wieder zuging, dann knipse ich das Licht wieder aus, weil der An-blick wirklich nicht schön ist, und gehe weiter in Wohnung. Die Fenster im kleinen Wohnzimmer gehen zur Straße hinaus, ich setze mich davor auf die Heizung und lehne meine Stirn gegen die Scheibe. Hundemüde bin ich und mein Herz klopft gegen den Krawattenknoten, aber ich will nicht einschlafen, will die Augen auf den Bürgersteig heften und auf Inse Baumhüters Ankunft warten. Dann werde ich sie im Haus-flur abfangen, ihr so schonend wie möglich von dieser Sache im Flur erzählen und dann, in der Wohnung natürlich, alles weitere gemeinsam besprechen. Ans Flachlegen denke ich nicht mehr.

Ich reiße mich zusammen, versuche mich mit Grübeleien wach zu halten. Wer ist wohl diese Frau? Wer hat ihr das angetan? Denn dass die Schöne, ich schätze sie auf Ende zwanzig, einfach so eines natürlichen Todes gestorben ist, dort neben der Garderobe meiner Jugendliebe, das mag ich wirklich nicht glauben. Das Blut und die Würgemale erzählen eine andere Geschichte. Die Großstadt ist schon ein gefährlicher Dschungel, denke ich. Wahrscheinlich war hier ein durchgedrehter Junkie oder ein verwirrter Serienkiller, vielleicht sollte eigentlich Inse Baumhüter das Opfer sein, schließlich ist es in ihrer Wohnung geschehen und sie war rein zufällig nicht da, vielleicht ein besessener Fan, ein Verehrer ihrer Tanzkunst, solche Monster treiben sich in der Großstadt herum, da bin ich mir sicher. Wann kommt sie endlich nach Hause? Aus der Kneipe gegenüber treten männliche Pärchen auf die Straße und knutschen. Ich versuche wegzuschauen. Schon nach halb zwei ...

Und dann bin ich wohl doch eingeschlafen. Ganz unbequem auf dem klobigen Heizkörper, der Schlaf hatte mich regelrecht überfallen. Schmerzhaft lande ich auf dem Boden, kann trotzdem die Augen kaum öffnen, krieche zum Sofa und lege mich nur halb auf die Polster, keine Kraft, die Beine hochzulegen, zu müde ...

Als ich mich endlich gegen den Schlaf zur Wehr setzen kann, fällt die Sonne in einem seltsamen Winkel in das unbekannte Zimmer, durch eine Lücke zwischen zwei Häusern gegenüber blinkt sie durchs Fenster und trifft drinnen auf einen alten Spiegel an der Wand, wird reflektiert und brennt in mein Gesicht, welches noch immer auf dem Sofa gebettet ist. Guten Morgen. Das Zimmer ist fliederfarben gestrichen, Tücher hängen an der Decke und ich habe den Eindruck, sie sollen da was Schäbiges verdecken. Ein Plakat vom „König der Löwen", zwei Schwarzweiß-Fotos von diesem begnadeten russischen Tänzer, neben dem Spiegel eine Stange, an der man Ballett übt. Daneben ein Foto von Inse Baumhüter im Tutu. Genauso habe ich mir ihre Wohnung vorgestellt. Inse Baumhüter ist nicht nach Hause gekommen. Es ist halb sieben.

Ich quäle mich hoch. Und gehe in den Flur. Natürlich hat sich mein Problem leider nicht in Luft aufgelöst, ich steige darüber und suche die Tür zum Bad. Es ist nicht die blaue, dahinter befindet sich eine schmale, unaufgeräumte, aber gemütliche Küche. Zwei Kaffeebecher auf dem Tisch, ein voller Aschenbecher, Obstfliegen umkreisen eine Schüssel mit matschigen Pfirsichen. Gegenüber der Küche ist das Schlafzimmer. Eine Matratze auf dem Boden, ein Moskitonetz darüber, bunte Kleidungsstücke überall verstreut und ein Ballettkleidchen auf dem Bügel an der Wand. Das Bett ist ordentlich gemacht, es sieht verlockend aus, ich bin immer noch so müde und will mich gleich noch mal hinlegen, aber meine Blase drückt. Die Tür ganz hinten ist die Richtige.

Es stehen zwei Zahnbürsten im Glas, aber da ich weder ein Aftershave noch etwas ähnlich Männertypisches finden kann, beschließ ich, das Inse Baumhüters Badezimmer nicht der richtige Ort ist, um peinliche Eifersüchteleien aufkommen zu lassen. Dass sie in den letzten zehn Jahren nicht gerade auf mich gewartet hat, weiß ich auch, und dass wir beide eigentlich sowieso nicht für irgendetwas Beständiges gemacht sind, ist mir ebenfalls klar. Es ist verlockend, in ihren Sachen zu wühlen, nimmt sie die Pille, benutzt sie Tampons oder Binden, alles Dinge, dich ich von meiner Frau schon ganz lange weiß und überhaupt nicht spektakulär finde. Bei Inse Baumhüter haben sie aber eine andere Bedeutung. Ich beende das Kramen. Stelle mich unter die Dusche und lasse das kalte Wasser über mich fließen. Der Warmwasserhahn scheint nicht zu funktionieren, aber das hatte ich auch nicht erwartet. Hoffentlich kommt Inse Baumhüter nicht gerade in diesem Moment zur Tür herein, wo ich bibbernd und ohne Anmeldung in ihrer Dusche stehe, in deren Abfluss sich nun meine Haare mit ihren langen, rotblonden verheddern.

Warum kommt sie in der Nacht nicht nach Hause?

Es ist halb acht, als ich mich abgetrocknet, angekleidet, gebürstet und geföhnt habe. Im Spiegel schaut mich meine übernächtigte Visage an, ich hatte mit einem solchen Gesicht gerechnet heute Morgen, jedoch hatte es in meinen Visionen einen anderen Grund für zu wenig Schlaf gegeben. Einen wesentlich lebendigeren.

Ich steige über das Hindernis im Flur und suche in der Küche nach Kaffee. Am Kühlschrank hängt ein Kalender, sie hat all ihre Termine dort eingetragen, heute ist Mittwoch, sie hat eine Vorführung um 18.30 Uhr. Steht da. *Mittwoch, Shoona, 3. Giraffe, 18.30 Uhr.* Ich könnte das schaffen, das Seminar geht bis fünf. Mein Finger fliegt über den Plan, ich staune, fünf Aufführungen in der Woche mindestens, und dann beinahe jeden Tag *Inse: Casting.* Sie hat viel zu tun. Aufführungen und Vorsprechen, Schlag auf Schlag, Ein aufregendes, ein fast überfülltes Leben steht dort auf dem Blatt am Kühlschrank.

Dann traue ich mich doch nicht, den Wasserkocher anzustellen, das Seminar soll um halb neun beginnen, ich muss sowieso noch zum Hauptbahnhof, weil ab dort die passende S-Bahn fährt, vielleicht werde ich dort noch meine Portion Koffein und ein belegtes Brötchen ergattern können. Schnappe einen Schlüssel aus dem Flur, er passt in die Wohnungstür, ich lasse ihn in meine Jackentasche fallen und komme mir vor, als wäre dies meine Wohnung und als sei es selbstverständlich, dass ich heute Abend hierhin zurückkehre.

Tatsächlich stehe ich um halb sechs wieder vor dem Theater. So viele gut gekleidete Menschen steigen aus der Fähre, stehen vor dem gelb bespannten Gebäude und scheinen den Eindruck erwecken zu wollen, dass die ständig hier sind, dass sie mit von der Partie sind, dass ihre Nasen die Theaterluft bereits gut kennen gelernt haben. Ich mische mich dazu. Schaue auf die Tafel im Foyer: *3. Giraffe: Shoona Wish.* Ich leiste mir noch eine Karte im vordersten Parkett. In der Pause studiere ich das Programm und stelle voller Verzweiflung fest, dass meine Älteste heute Geburtstag hatte und ich vergessen hatte, sie heute Morgen anzurufen. Das ist unverzeihlich. Es war schon fast halb neun, sollte ich es noch zu Hause versuchen? Aber was sollte ich sagen? Papa hat's total verschwitzt, er hat eine tote Frau gefunden? Ich lasse das Handy in der Tasche. „Circle of Life" haut mir um die Ohren, die Giraffen stolzieren unter der großen Papiersonne Afrikas, der gute Löwe siegt, die Menschen applaudieren bei ihm am meisten, ich klatsche für die Tiere und versuche dabei hinter die Giraffenmasken zu schauen.

Und diesmal gehe ich zum Hinterausgang. Schleiche mich um die gelbe Plastikfolie herum wie ein Einbrecher, vorbei an Lieferantenfahrzeugen und Rollis voller Konservendosen für die Theaterkantine. Die Tür für die Schauspieler macht nur einen halb so verwegenen Eindruck wie in meiner Phantasie: gut beleuchtet und ordentlich, keine Risse im Mauerwerk, keine verrosteten Hinweisschilder, sieht aus, wie jeder x-beliebige Mitarbeitereingang bei Karstadt oder Hertie oder sonst wo. Und die ersten Leute kommen bereits heraus. Kein aufgedrehtes Lachen, kein Schulterklopfen und kollegiales Applaudieren für die Bühnenleistung, die Angestellten des Theaters am Hafen sehen genau so müde und feierabendreif aus wie eben die Angestellten von Karstadt oder Hertie oder sonst wo. Ich traue mich erst nicht, jemanden anzusprechen. Erst als eine ältere Dame heraustritt, wage ich mich aus dem Schatten der Wand und frage nach Inse Baumhüter.

„Kenne ich nicht, tut mir Leid", sagt die Frau höflich, ohne stehen zu bleiben.

„Ach, Entschuldigung, ich meine natürlich Shoona Wish!"

„Shoona? Hmm ..."

„Die dritte Giraffe ...", erläutere ich.

„Tanzgruppe? Keine Ahnung, ich bin vom Schauspielensemble. Singe die alte Hyäne. Ich kenne die Tänzer nicht so gut, fragen Sie mal Klaus, der kommt gleich."

Gut, denke ich, frage ich Klaus. Besonders wichtig kann diese alte Hyäne nun auch nicht sein, wenn sie Inse Baumhüter nicht kennt. Klaus ist allerdings auch nicht viel jünger. Er ist zwar groß und hat ein breites Kreuz, aber spielt sicher auch eines der Tiere, bei der sich Mutter Natur demnächst an die Selektion wagt. „Klaus?"

„Hmm?", macht Klaus mit sonorer Stimme. Hat er den Löwenvater gespielt? Der von den bösen Hyänen in die Gnuherde gelockt und zu Tode getrampelt wurde? Könnte sein. Meine Achtung steigt. Sicher kennt er ...

„Inse ... ach Quatsch, Shoona Wish, ist sie schon gegangen?"

„Shoona Wish ist meines Wissens nach heute überhaupt nicht gekommen. Unentschuldigt, soviel ich weiß. Wenn Sie sie treffen, richten Sie ihr aus, dass es eine Menge guter Mädchen gibt, die ihren Job gern hätten."

Klaus geht weiter. Ich folge ihm. „Haben Sie eine Ahnung, wohin ich gehen muss, um sie zu treffen?"

Klaus bleibt stehen, sieht genervt aus, und Schauspieler sehen natürlich wesentlich genervter aus als Normalsterbliche, weil sie das Genervtaussehen ja jahrelang in der Schule trainieren.

„Sie hat Beziehungsprobleme, hat mir die zweite Giraffe erzählt. Und soweit ich weiß, arbeitet ihr Beziehungsproblem im *Cafe Casting* in St. Georg. Also suchen Sie dort nach ihr. Und vergessen Sie nicht, ihr einen höchst unnetten Gruß von mir auszurichten, sie soll ihren Privatkram bitte ein für allemal erledigen, sonst ist *sie* nämlich erledigt." Und dann schreitet Klaus weiter in Richtung Parkplatz. Ich schaue ihm nach, erwarte, dass er in einen Cadillac oder Ferrari steigt, irgendetwas Glamouröses, doch zu ihm gehört ein silberner Opel Combi, die Zentralverriegelung springt hoch, als er auf den Autoschlüssel drückt.

Ich trolle mich. *Cafe Casting*, denke ich, setze mich in die S-Bahn und überlege die ganze Zeit: *Cafe Casting*. Und kurz vom Hauptbahnhof fallen mir gleich zwei Sachen ein: Erstens, wenn mich nicht alles täuscht und die Aufregung der letzten Nacht nicht mein Erinnerungsvermögen getrübt hat, heißt die lilabeleuchtete Kneipe gegenüber von Inse Baumhüters Haus so, *Cafe Casting*, und zweitens könnte der Eintrag auf dem Kalender an Inse Baumhüters Kühlschrank *Inse: Casting* auch bedeuten, dass es bei diesem Termin mehr um ein Treffen in der Kneipe als um ein Vorsprechen ging.

Also werde auch ich in diese Kneipe gehen. Es muss endlich etwas geschehen. Besonders als ich noch einmal kurz in die Wohnung gehe, um mich frisch zu machen, stelle ich fest: Es muss endlich etwas geschehen. Es ist nämlich jemand da gewesen. Zweifelsohne. Die Tote liegt noch immer im Flur, hat noch immer die Arme so komisch verrenkt, aber jemand hat die Lederjacke hervorgezogen und ihr Gesicht damit bedeckt. Ich schaue mich in den Räumen um, alles wie gehabt: Obstfliegen in der Küche, Klamottenchaos im Schlafzimmer, zwei Zahnbürsten im Bad. Wer kommt in die Wohnung, bedeckt eine Leiche und geht wieder hinaus? Es ist doch fast so, als wolle man nur mal kurz was erledigen. So wie: nachschauen, ob das Bügeleisen aus ist.

Ich erwarte, dass sich alle Augenpaare im *Cafe Casting* auf mich heften, als ich eintrete. Es ist aber so, dass kein Mensch nach mir schaut. Die Gespräche verstummen nicht, der Barkeeper putzt nicht demonstrativ den Tresen ab, als ich mich setze. Mir kommt es vor, als säße ich in meiner Stammkneipe zu Hause, wo mich auch niemand beachtet und mein Besuch kein Aufsehen erregt. Doch in meiner Stammkneipe sitzen nicht lauter Leute vom anderen Ufer. Die sind da alle ganz normal.

Es sind nicht nur Männer hier, auch Frauen hocken beieinander, halten Händchen oder reden einfach nur. Mir dämmert da etwas. Mir dämmert da etwas ganz gewaltig.

„Ist Shoona da?", frage ich den Barkeeper.

Er schüttelt missmutig den Kopf. „Weder Shoona noch Inse!"

Ach ja, ich hatte ganz vergessen, dass sie hier ja ihren bürgerlichen Namen angibt. Eigentlich weiß ich damit ja schon alles, was ich wissen wollte, doch ich entschließe mich zu einem Bier. Atme tief durch und bemühe mich um Gleichgültigkeit in der Stimme. „Beziehungsstress, was?"

„Kannste wohl sagen!", antwortet der Barkeeper. Er hat sehr kurze Haare und sehr lange Koteletten. „Gestern dachte ich: Die gehen sich hier an die Gurgel. Hier im Cafe, weißt du? Aber dann sind sie ja rüber in die Wohnung, und seitdem habe ich nichts mehr gehört und gesehen. Noch'n Bier?"

Habe ich so schnell getrunken? „Ja, bitte!" Ich schaffe ein Lächeln. „Wieder dieselbe Sache, wegen der sie sich immer in der Wolle haben?"

„Klar, du kennst doch Inse. Eifersucht, Eifersucht, Eifersucht! Mich würde das wahnsinnig machen!"

„Mich auch!"

„Freund der Familie, oder was?" Er ist ein netter Typ, wirklich, könnte ohne weiteres das Bier auch in meiner Stammkneipe zapfen, würde nicht auffallen.

„Schulfreund von Inse."

„Ach, aus dem Kaff? Und dann ab in die Großstadt, hmm? Ziemlicher Kulturschock, oder nicht? Aber wenn ich mal meine Schäfchen im Trockenen habe, dann möchte ich auch mal auf's Land ziehen.

Ganz viel Garten und frische Luft, ein Lebenstraum von mir. Aber Hamburg ist auch o.k. ..."

Dann erlischt unser Gespräch wie eine ausgebrannte Kerze. Ein Bier trinke ich noch, drei Gläser müssen reichen, um dem Grauen in Inse Baumhüters Wohnung erneut zu begegnen, ich zahle. Vor der Tür entschließe ich mich noch zu einem Spaziergang, Hände in den Taschen, Schultern hochgezogen, ein wenig unheimlich ist mir die Gegend dann schon. Mir kommen die einstöckigen Backsteinhäuser zu Hause in den Sinn, die Vorgärten. Das schlechte Gewissen erinnert mich hämisch daran, dass ich den Geburtstag meiner Tochter vergessen habe, dass ich bereit war, meine liebe Frau zu betrügen, dass ich den Versuchungen der Großstadt erliegen wollte. Es geht mir mies. Ich drehe wieder um. Und entschließe mich, dies alles hier hinter mich zu bringen. Was soll's? Was habe ich mit dieser toten Frau im Flur zu schaffen? Ich könnte das Seminar sausen lassen, mich für morgen krankmelden und noch heute in meinem sicheren Auto Richtung Heimat fahren. Zu meiner Frau, zu meinen Kindern. Ich will nie wieder etwas damit zu tun haben. Ich will nie wieder an Inse Baumhüter denken, geschweige denn von ihr träumen. Es ist vorbei. Ich warte darauf, dass sich Erleichterung einstellt.

Das graue Haus liegt vor mir, ich öffne die Haustür, ich öffne die Wohnungstür. Und blicke in eine Pistolenmündung.

Dahinter gestreckte Arme, ein ernstes Gesicht mit einem zugekniffenen Auge. „Halt, keinen Schritt weiter, hier ist die Polizei!"

Die Polizei?, denke ich und bleibe stehen, schwitze im selben Augenblick aus allen Poren. Dann greift eine zweite Person ein, auch in grüner Uniform, biegt blitzschnell meine Arme nach hinten, reißt meinen Kopf nach hinten, ich höre ein Klicken, spüre Metall an meinen Handgelenken. Handschellen. Hinter dem Beamten mit der Schusswaffe taucht Inse Baumhüter auf.

„Du?", fragt sie ungläubig, als sie mich erkennt. Ihre Augen sind rot, ihre Haut weiß, sie sieht elend aus. „Aber warum?"

„Wie bitte?", frage ich zurück. Aber dann erkenne ich die Falle, in die ich getappt bin. Trottelig, dorftrottelig, schlimmer geht es gar nicht.

„Sie kennen diesen Mann?", fragt der Polizist hinter mir, den ich noch gar nicht richtig sehen konnte, weil er mich so fest im Griff hat.

„Er ist ein alter Schulfreund. Ein alter Verehrer. Hat mir tausend Liebesbriefe geschickt, als ich nach Hamburg ging, beinahe lästig. Aber ich hatte keine Ahnung, dass er hier ist. Dass er die Schlüssel zu meiner Wohnung hat. Oh, mein Gott!"

Ich starre sie an. Es ist wahr, was sie erzählt. Es ist alles wahr. Und für jeden muss es so aussehen, als verfolge ich Inse Baumhüter, als sei ich von ihr besessen, als hätte ich einen Grund gehabt, diese unbekannte Frau hier zu ermorden, weil ich es nicht ertragen konnte, dass meine Jugendliebe lesbisch war und mich zurückwies. Na klar, so sah es auch. Würde ich nicht selbst ganz tief in diesem Schlamassel stecken, so würde ich selbst mit dem Finger auf mich zeigen und sagen: Alles klar! Das ist so ein typischer verwirrter Psychopath! So ein Monster von der übelsten Sorte! Hinter Gittern mit ihm!

„Wir nehmen Sie fest wegen des dringenden Verdachtes, gestern Nacht diese Frau hier erst mit einem Schlag auf den Hinterkopf niedergestreckt und anschließend erwürgt zu haben. Mord an Shoona Wish!"

„Shoona Wish?" Halt, jetzt mal langsam. Steht Shoona Wish nicht gerade mit gespenstisch weit geöffneten Augen vor mir? Shoona Wish, die dritte Giraffe?

„Ja, Shoona Wish", sagt Inse Baumhüter tonlos. Vielleicht kann sie sich gar nicht mehr daran erinnern, dass sie mir auf dem Klassentreffen eine ganz andere Geschichte aufgetischt hat. „Mein Gott, wir haben uns schon so lange gekannt. Sie kam aus England, wir haben uns auf der Stage School kennen gelernt, seitdem sind wir ein Paar gewesen. Haben hier zusammengelebt. Oh, wenn du wüsstest, wie begabt sie war! Sie hat es gleich von der Schule zum König der Löwen geschafft!"

„Ja ja, dritte Giraffe!", sage ich kurz. Und dann beschließe ich, mir nie wieder ein Wort von Inse Baumhüter anzuhören. Nie wieder.

Sie hatte nicht getanzt, war nicht auf Stelzen gelaufen, verbarg sich nicht hinter den Masken. Stattdessen hatte sie einen Job in einem Cafe, Bedienung oder was weiß ich denn. Und sie muss rasend eifersüchtig auf ihre Freundin gewesen sein, die es geschafft hatte, die beklatscht wurde, während sie Gläser spülte. Und es war zum Streit gekommen gestern Nacht, zu einem tödlichen Streit. Es wäre klar gewesen, für jeden wäre Inse Baumhüter die Täterin gewesen. Wenn ich nicht, au Mist, wenn ich nicht beschlossen hätte, sie flachzulegen.

Mir fallen massenweise Fingerabdrücke ein, die ich hinterlassen habe, dann meine Haare in der Dusche, auf dem Sofakissen, meine überflüssige Mund-zu-Mundbeatmung. Die Frau, die mir gestern Abend die Tür geöffnet und mir ins Gesicht gestarrt hat. Verdammt eng, die Schlinge um meinem Hals!

Ich versuche noch nicht einmal ein „Aber ...“

Denke lieber an nichts. Überlege nur, wovon ich in Zukunft träumen soll.

Der letzte Abend

„Heute ist hier der letzte Abend!", schrie der Mann hinter dem Tresen als Antwort. Ich hatte von ihm wissen wollen, ob hier immer so viel los sei. Doch bevor ich nach Details fragen konnte, drängte mich die Menge weiter. Irgendwie ging es immer im Kreis. Seit ich den Laden betreten hatte, wurde ich im Uhrzeigersinn um die Tanzfläche geschoben. Auf diese Weise hatte ich das Interieur bereits kennen gelernt, bevor ich die erste Flasche Bier in die Hand gedrückt bekam. Zum Zahlen war ich nicht gekommen, das würde ich wahrscheinlich bei meiner nächsten Runde tun.

Hatte ich es mir so vorgestellt? Hatte ich mir überhaupt etwas vorgestellt? Was erwartet man, wenn man einen „Kultschuppen" betritt?

Seit ich denken kann, kenne ich „Meta". Doch nur vom Hörensagen. Nur aus den Geschichten meiner Mutter weiß ich von den durchgesessenen, zusammen gewürfelten Sofas und den wuchernden, wahrscheinlich nikotinabhängigen Pflanzen. Ich hatte mir nie ein Bild gemacht von den benutzten Fischernetzen an der Decke und den pferdegesattelten Barhockern. Doch hätte ich es mir im Geist vorgestellt, es hätte wohl genau so ausgesehen. Es roch nach Pferd, Rauch und Alkohol, und sie spielten „Gamma ray". Alles passte. Und irgendwie kam es mir nun vor, als sei ich schon einmal hier gewesen.

„Irgend so'ne Konzessionssache", sagte eine Stimme hinter mir. Ich konnte mich in der Enge kaum umdrehen, um zu sehen, ob die Stimme mich meinte. „Deswegen machen sie hier zu."

Ich wandte meinen Kopf, so weit es ging: „Schade, nun bin ich endlich das erste Mal hier, nun soll es auch gleich das letzte Mal gewesen sein."

„Abwarten. Die sollten die Hütte schon so oft schließen. Wenn es nach den hohen Herren im Rathaus gegangen wäre ... Und nun steht der Laden schon vierzig Jahre."

Es gelang mir, mich aus dem Menschenstrom zu befreien, indem ich mich in eine kleine Nische neben der Theke schob.

„Und warum bist du heute das erste Mal hier?" Die Stimme gehörte einem Mann mit einem netten, wenn auch etwas verlebten Gesicht. Er war neben mich gerückt und drehte sich eine Zigarette. Seine Finger waren gelb.

„Ich hatte noch nie die Gelegenheit. Bin nicht von hier. Aber meine Mutter hat mir viel von ‚Meta' erzählt. Sie kommt hier aus Norddeich und war Anfang der Siebziger fast täglich hier."

Nun schaute er auf. Wahrscheinlich hatte er mich vorher gar nicht angesehen.

„Theelke Crsomminga!"

Ich war baff. Er kannte meine Mutter. Die Welt ist klein.

„Wie geht es ihr so, sie war seit Ewigkeiten nicht mehr hier."

Bei der Vorstellung, meine Mutter würde hier hineingehen, musste ich lachen. Diese Zeit lag so weit hinter ihr, meilenweit hinter ihrem Leben als Sekretärin, Mutter und Ehefrau. Ich konnte sie mir beim besten Willen nicht in einer lauten und verqualmten Bude wie dieser hier vorstellen. Sie war so anständig.

„Meiner Mutter geht's gut, sie wohnt in Hannover. Ist ja witzig, dass du sie kennst!"

Er schien es ganz normal zu finden, denn er zuckte nur beiläufig mit den Schultern. „Klar kenne ich Theelke."

Ich hatte nicht geglaubt, dass es so einfach sein würde, eine Spur zu finden.

Tausend Überlegungen hatte ich angestellt, wie ich jemanden treffen könnte, der mir ein paar Antworten gab. Und nun stand er hier, der erhoffte Zeitzeuge, der Handlanger auf meiner Suche, die mich hierher gebracht hatte. Er hatte sich einfach so zu mir gesellt.

Meine Handflächen wurden feucht, und ich spürte, wie mein Herz ein wenig den Rhythmus verlor. Doch ich ließ mich nichts anmerken, als ich fragte: „Kennst du meinen Vater?"

Damals spielten sie eigentlich dieselbe Musik wie heute. Böse Musik, wie manche behaupten. Alle Norddeicher, die ihr Haar noch anständig geschnitten und schurwollene Beinbekleidung trugen, waren sich sicher: Sehr böse Musik!

Vor allem die Anwohner, die links und rechts und hinter „Meta" im Umkreis von einem Kilometer wohnten. Davor wohnte niemand. Davor war der Deich.

Und ohne Zweifel: Der litt am meisten! Er wurde umfunktioniert, vom Schutzwall zum Schmutzwall, oder vom Bollwerk zum Tollwerk, wie auch immer ... bei Meta war es meistens richtig voll und die meisten bei Meta waren auch richtig voll.

Natürlich war eine Masse lebenshungriger Hippies, die es wild auf dem Deich des aufstrebenden Touristenortes trieben, eine Bedrohung, die den Ostfriesen schlimmer vorkam als die heftigste Sturmflut.

Sodom und Gomorrha in Norddeich. Drogen, Sex, Mord und lange Haare. Alle naselang sollte die Diskothek damals geschlossen werden. Aber Meta, die Frau, die dem Laden seinen Namen gegeben hat, hatte bislang durchgehalten. Meta, wie man sich eine Friesin vorstellt und eben doch ganz anders: blondiert, toupiert, extrovertiert; sie verstand es, im rechten Moment nichts zu verstehen und stellte sich auf schlaue Art dumm. Nur so war es ihr gelungen, die Türen für alle jungen Leute geöffnet zu halten, während sämtliche Spießer und Bürokraten sie am liebsten hinter Schloss und Riegel gesehen hätten.

Doch diesmal war es endgültig aus. Konzession weg. *Umschlagplatz für Drogen* titelte der Ostfriesen-Kurier am Morgen, und all die sauberen Norddeicher lächelten selbstgerecht an ihren Frühstückstischen. Nur die Jugend, die saß im Dreck.

Und dann trafen sich alle. Es war der letzte Abend.

Auch Theelke war da, sie war irgendwie noch bedrückter als wir alle. Stress mit Gero, war unser Verdacht. Gero machte auf Deichgraf, so nannten wir ihn immer. Er war ein Macker, ein Macho würde man heute sagen. Ein Hippie-Macho: Zottelige Haare, schlaksige Gestalt, lächerliche Klamotten, genau wie wir alle. Aber er riss sein Maul zu weit auf, sagte „Love and Peace" und meinte „Sex und Schnauze halten".

Dazu noch stinkreicher Hotelierssohn vom piekfeinen „Gasthaus zum Fährmann".

Keiner konnte ihn leiden, aber so etwas behielt man für sich in den Tagen des „Flowerpower"-Getues. Nur Theelke fand ihn toll, war verknallt in Gero wie ein Schulmädchen, war ja auch schließlich ein Schulmädchen mit ihren brünetten Haaren, die sie morgens immer brav in langen Zöpfen bändigte. Eigentlich hatten alle sie für schlauer gehalten, aber sie lief dem „Deichgrafen" direkt in die Arme, wie schon zu viele Mädchen vor ihr. Der arme Jochen litt, er hatte sie immer verehrt, es aber auf die behutsame Art versucht, und war nun von Gero gnadenlos überfahren worden. Doch an diesem letzten Abend hockte er wieder an Theelkes Seite, enger als je zuvor, da sie sich an seiner weichen Schulter ausheulte. Gero war mit einer Blondgelockten über den Deich gegangen.

Frustration machte sich breit.

„Die Vertreibung aus dem Paradies", sagte Immo. Sein Vater war als Beamter im Rauschgiftdezernat nun auch noch maßgeblich an der Schließung beteiligt. „Irgendein Schwein hat behauptet, alle hier schmeißen LSD, und Meta persönlich hat die Taschen voller Gras."

Klar, kaum einer war ein Unschuldslamm, was Drogen anging, aber Meta balancierte ihr Bier auf dem Tablett durch die hottenden Massen, die hatte überhaupt keinen Bock, sich mit so etwas wie Haschisch zu befassen. Die rauchte ja noch nicht mal.

„Die wollen uns loswerden, für immer", mutmaßte die rote Wiebke, klein und zierlich, aber linker, als es wohl je ein anderer Friese war. „Und uns gleich dazu. Für uns ist kein Platz im kapitalistischen Bilderbuch-Ostfriesland."

„Der Hundesohn, der uns verraten hat ..."

Alle tanzten.

Smoke on the water and fire in the sky.

Heute schütteln sie auch ekstatisch die Köpfe und spielen Luftgitarre, wenn dieser Song kommt, doch damals war es irgendwie authentischer, wütend und mutig, laut und zuckend.

Es war verdammt eng.

Und als die Boxen verstummt waren, lag einer mitten auf der Tanzfläche und war tot.

Der Deichgraf. Erwürgt. So sah es jedenfalls aus.

„Das hat uns gerade noch gefehlt", sagte Meta trocken, dann schloss sie die Türen von innen zu. „Macht das unter euch klar. Ich kann keinen Ärger mehr gebrauchen."

Und so still wie nach diesen Worten war es vorher und nachher wohl nie in dem Schuppen am Deich.

Immo fluchte: „Er war der Dreckskerl. Er hat bei den Bullen rumgetönt, hier würde nur gefixt und gekifft. Ich wollt's ja eigentlich nicht sagen, aber mein Alter hat's mir gesteckt: ‚Dein Kumpel, der Gero, der hat wenigstens noch Anstand in den Knochen, er hat uns heute auf dem Revier aufgeklärt über die finsteren Machenschaften in eurem Jugendtreff am Deich.' Kotzbrocken!"

Fassungslos sahen alle, wie Immo der Leiche fast noch einen Tritt verpasste. Zum Glück konnte er sich gerade noch beherrschen, doch Wiebke, die irgendwie härter im Nehmen war, kniete sich hin und schob den fransigen Hemdärmel am schlaffen Arm des Toten höher: „Guckt ich euch an, 'ne Rolex hat er. Sohnemann wollte nämlich in der nächsten Saison als Juniorchef in Papas Hotel einsteigen. Der war keiner von uns, der hat sich nur verkleidet. In Wahrheit konnte er uns nicht schnell genug verjagen, damit seine gutbetuchten Kurgäste nachts besser schlafen können." Sie war so wütend, so aggressiv, jeder im Kreis um den Toten hätte Stein und Bein schwören können, sie hätte ihm mit ihren zierlichen Händen selbst den Hals umgedreht. Und wahrscheinlich wäre es auch dabei geblieben, hätte Theelke nicht so herzzerreißend geheult.

„Mein Gott, Theelke, wein dem Verräterschwein doch keine Träne nach", regte sich Wiebke auf. Doch das Schluchzen wurde noch lauter.

„Er hat sie geschwängert", sagte Jochen still und legte seinen Arm um das Häufchen Elend an seiner Seite.

„Scheiße", sagte irgendjemand.

Wir gingen nach draußen. Mit dem Bier in der Hand. Er drehte mir eine Zigarette.

Wir setzten uns zur Wattseite hin auf den Deich und beobachteten stumm die nahende Flut.

„Hier haben wir ihn schließlich verschwinden lassen", sagte er dann. „Nachdem die allgemeine Hysterie sich gelegt hatte, schloss Meta uns die Türen wieder auf. Mit vier Leuten haben wir Gero über den Deich geschleppt, dann haben wir ein Loch gegraben, mit bloßen Händen, verstehst du, insofern hat sich also jeder die Hände schmutzig gemacht. Die Leiche liegt nun etwa einen Meter unter der Grasnabe, die wir sorgfältig wieder festgetreten haben. Unser Glück, dass der Deich nach diesem Abend sowieso ziemlich in Mitleidenschaft gezogen worden war, so fiel das frische Grab nicht auf."

Ich nahm einen Schluck aus der Flasche. Es war schon etwas skurril. Die Suche nach meinen Wurzeln hatte mich hierher gebracht und nun trank ich Bier auf der letzten Ruhestätte meines Erzeugers.

„Tut mir Leid, du hast dir sicher etwas anderes versprochen", sagte mein Kumpel neben mir. Ich kannte ja noch nicht mal seinen Namen.

Ich zuckte die Schultern, denn verloren hatte ich ja eigentlich nichts außer einem Stück Hoffnung. Wo nie ein Vater gewesen war, da würde ich auch keinen vermissen. „Was ist den letztlich aus allen geworden?"

„Nach der Schließung des Ladens gab es jede Menge Ärger, da ging Geros Verschwinden irgendwie unter. Nach einigen Monaten hat Meta wieder geöffnet; nicht zuletzt, weil der wichtigste Belastungszeuge fehlte, konnte man ihr die vorsätzliche Duldung von Drogen in ihrem Lokal nicht nachweisen. Der Deichgraf blieb verschwunden, man nahm an, er sei abgehauen, weil er als Hippie zu faul war, das Hotel seines Vaters zu übernehmen. So ist dann tatsächlich Gras über die Sache gewachsen, im doppelten Sinne. Wir haben nie wieder darüber gesprochen. Auch nicht, wenn wir uns heute wieder sehen. Immo ist in Aurich Rechtsanwalt mit dem Schwerpunkt Jugendkriminalität, Wiebke hat kurz nach dem Abitur eine Wendung um 180 Grad gemacht und ist nun Immobilienkauffrau bei der Sparkasse. Tja, und Theelke hat kurz darauf Ostfriesland verlassen. Keiner wusste so recht, wohin, und ihre Eltern haben geschwiegen, weil sie das mit der Schwangerschaft vertuschen wollten."

Auf einmal sah er mir direkt in die Augen. Die ganze Zeit über war er meinem Blick ausgewichen, hatte in die Ferne oder auf deinen Tabak geschaut. Ich erschrak, denn ich sah Tränen über seine faltige Haut laufen.

„Gero wollte deine Mutter nach Holland bringen. Seine Eltern würden da einen Arzt kennen, der das Problem lösen könne. Sie hätte das nie gekonnt. Und wenn ich dich jetzt so ansehe, bin ich mir sicher, sie hat irgendwie doch alles hingekriegt."

Ich nicke: „Es geht ihr sehr gut."

Ein zufriedenes Lächeln schlich sich in sein Gesicht. „Siehst du, dann würde ich es immer wieder tun. Ich bin übrigens Jochen."

Julklapp

Und überhaupt, ich packe meine Geschenke wirklich immer am geschmackvollsten ein, gebe mir richtig Mühe, ganz individuell, jedes Jahr. Und wenn mein Päckchen aus dem Sack gezogen wird, dann mutmaßen die anderen schon gleich: Das ist von Antje, sieht man sofort! Da hab ich ein Händchen für.

Nicht so wie Margarete, da kleben immer diese grässlichen Werbe-Blumen vom Seifenplatz dran und dann dieses gekräuselte Geschenk-band, nicht wirklich schön. Und meistens ist ein süß riechender Deostift drin. Dabei hätte gerade Margarete so einen am Nötigsten. Sie riecht streng. Aber sie wird ihn nicht bekommen. So geht das nicht beim Julklapp.

Wir treffen uns immer einmal im Monat zum Weiberabend. Wenn unsere Männer ihren Kegelabend haben. Daher kennen wir uns auch, über unsere Angetrauten, und obwohl mein Mann inzwischen gar nicht mehr mein Angetrauter ist, weil er, wirklich billig, seine Assistentin geschwängert hat, nehme ich immer noch daran teil. Aus Gewohnheit. Richtig ernst nehme ich die Sache natürlich nicht. Aber eigentlich ist es dann doch immer ganz nett. Laden uns manchmal Vertreterinnen für Tupper- oder Kosmetikartikel ein, einmal hatten wir auch einen Stripper, der anschließend nackig die Wohnung ge-staubsaugt hat, aber im November verteilen wir immer die kleinen Papiere, auf die unsere Namen geschrieben sind, schön vermischt, und jede zieht dann einen Zettel und weiß, wem sie dieses Jahr was zu Weihnachten schenken muss. Und es darf nicht mehr kosten als fünf Euro. So geht das. Das Julklapp.

Eigentlich eine schöne Sache. Wir gehen immer ganz feudal essen bei unserem Weihnachtstreffen im Dezember, immer am Abend des vierten Advents. Meistens zum Griechen, denn wir essen alle gerne Fleisch.

Und der macht das auch ganz nett, der Grieche, ich bilde mir ein, dass er im Dezember alte griechische Weihnachtslieder in die

Stereoanlage steckt, die nur für unsere Ohren genauso klingen wie die Ganzjahres-Sirtakis. Und im Fenster wandern bunte Lichter rund um die Sprossenscheiben, beleuchten den Sprühschnee auf dem Glas, vielleicht ein wenig kitschig, aber mit Liebe gemacht. Außerdem sticht er die Gurken mit Plätzchenformen aus, kleine Tannenbäume und Sterne und so weiter, und macht ein wenig Tsatsiki drauf, so das es aussieht wie Schnee, wirklich wahr. Und zudem mal was anderes als Gans mit Rotkohl und Klößen. Ich find's weihnachtlich! Hinterher ein paar Ouzo und dann wird gejulklappt.

In diesem Jahr musste ich Gabi beschenken, das ist nicht so schwer, denn Gabi sammelt Delfine. Weil sie sagt, die würden sie beruhigen, weil die uns Menschen verstehen. Das versteh mal einer, aber egal, jedenfalls bekommt sie immer irgendwie einen Delfin geschenkt, mal auf einem Kaffeebecher, mal als kleines Kissen oder Ohrring. Immer Delfin. Und ich habe ihr eine Schneekugel gekauft, mit 'nem Delfin drin, ist ja klar, obwohl es natürlich auch unlogisch ist, weil die Delfine ja im Wasser schwimmen und es da ja eigentlich nie schneit, aber sie hat sich trotzdem sehr gefreut, weil sie so einen Delfin noch nicht hatte. Und weil es hübsch verpackt war, mit blauem Seidenpapier und Sisalband und Glitzerstaub an einer Ecke, ich hatte das ja schon erwähnt, ich lege da sehr viel Wert drauf, manchmal kostet die Verpackung noch mal so viel wie das Geschenk.

Und ich habe mein Julklappgeschenk eindeutig von Tomma bekommen. Habe also wirklich Glück gehabt dieses Jahr, sowohl beim Verschenken wie auch beim Beschenktwerden, denn Tomma ist Silberschmiedin und verschenkt immer Sachen, die bestimmt mehr kosten als fünf Euro, aber sie sagt immer, es sei aus Materialabfall zusammengebastelt und sicher nicht zu verkaufen. Dieses Jahr hat sie den Materialabfall auf eine lange, gerade Brosche gesetzt, so eine für das Revers, etwas dicker, damit sie durch den festen Wollstoff gleitet. Silberne Ornamente, ganz edel. Passt hervorragend zu mir, weil ich meistens Grau trage, wegen meiner langen, rot gelockten Haare, da passt vornehmes Grau einfach am besten, und dazu wiederum Silber.

Bette die Anstecknadel ganz behutsam in die dunkelblaue Schatulle, lege das Kästchen auf den Tisch neben den nicht ganz aufgegessenen

Schafskäsesalat. Und schaue dankbar in die Runde. Tu so, als wüsste ich nicht, von wem das Päckchen kam. Weil es dann so schön geheimnisvoll ist, das Julklapp.

Fast alle haben ausgepackt. Meine drei Freundinnen. Obwohl, Freundinnen ... Eigentlich sage ich immer: Meine drei Weiber und ich. Wir sind doch nur ein Weiberclub, mehr nicht. Margarete hat wieder keine Duftlotion bekommen, stattdessen hält sie freudestrahlend eine Teedose in der Hand. Rotbusch mit Karamellaroma. Die Dose schimmert dunkelgrün. Ich bin mir sicher, die hat sie von Delfin-Gabi.

Ich schau mich um. Wer hat den obligatorischen Deodorant von Margarete bekommen? Nanu? Moment mal.

Ich habe Gabi die Schneekugel geschenkt. Gabi hat Margarete die Teedose, hmm, ganz sicher, und mein Geschenk ist von Tomma ... und Tomma hat noch nicht ausgepackt. Also muss sie dann den Duftstift ... Kann aber nicht. Weil sie ein flaches, rechteckiges Päckchen in den Händen hält. Das kann kein Schweißroller sein. Aber die Blume vom Seifenplatz klebt wieder am geschmacklosen Papier, und das Kräuselband liegt obenauf wie so eine Nudel, die man immer zu Goulasch isst, so eine spiralige. Vielleicht ein Buch? Ein Buch über Deodorants? Vom Seifenplatz? Ich glaube, so etwas gibt es nicht.

Tomma lächelt. Sie hat, nach mir, am meisten Stil von den Weibern. Aber sie arbeitet sehr viel. Und man sieht ihr an, dass sie was Kreatives macht. Die Haare sind nicht getönt, grau und kurz stehen sie über ihren gezupften Augenbrauen und sehen schon so aus, seit ich sie kenne. Natürlich kann sie deshalb ohne Probleme flaschengrüne Oberteile tragen, kein Problem, bei ihr ist es eben umgekehrt wie bei mir: oben grau und unten knallig. Dann geht das so in Ordnung. Über Gabis Satinblusen oder Margaretes karierten Blazer will ich lieber nicht nachdenken.

Tomma lächelt immer noch, und mir fällt auf, dass Margarete sich einen Ouzo außer der Reihe genehmigt, als das Geschenk endlich befingert wird. Es ist aufregender als sonst. Das Julklapp. Und dann schält Tomma das Papier ganz langsam auf und ich staune. Es ist ein Bilderrahmen, ganz schlicht, bestimmt kein echtes Silber, aber nicht schlecht. Und Tomma staunt auch, hebt das Ding näher zum Licht, weil es bei unserem Griechen immer ein bisschen schummerig ist, und da sehe ich auch, dass ein Foto drin ist, im Rahmen. Ein Urlaubsfoto. Ein knackigbrauner Mann um die fünfzig in Badehose, die er weiß Gott auch noch ohne Schamgefühl tragen kann. Ich kenne den Mann. Es ist Tommas Mann. Am Strand. Am Strand von Ibiza. Das weiß ich. Weil die Frau daneben bin nämlich ich. Und die Hand auf dem Po des gut aussehenden Herren ist meine. Und die Haare auf seiner Schulter sind rot.

Ich klaue Gabi eine Zigarette.

Die guckt mich an. Und Margarete guckt zur Klotür. Und Tomma auf das Bild.

Juni diesen Jahres, Ibiza, 28 Grad im Schatten, fünf Tage all inklusive im Doppelzimmer. Weil Tomma nicht mitkonnte. Weil sie wieder arbeiten musste. Da hat er eben mich gefragt. Und ich mag Ibiza.

Ich klaue Gabi das Feuerzeug. Jetzt habe ich in der linken Hand die Zigarette und in der anderen den kleinen Anzünder, mit 'nem Delfin drauf, ist ja klar, und das ist auch gut so, dass beide Hände was zum Festhalten haben, denn ich merke, wie nervös ich auf einmal bin. Und ich rieche, dass der Margarete neben mir wieder mal der Schweiß überläuft. Warum macht die denn so was? Warum konnte sie dieses Jahr nicht wieder ihr unglaublich einfallsloses Standarddeo kaufen, dann müsste sie jetzt nicht so schwitzen. Aber nein, sie hat mit ihrem Geschenk den Vogel abgeschossen. Und kippt sich noch 'nen Ouzo.

Ich überlege, ob ich jetzt einfach allen „Fröhliche Weihnachten" wünsche und mich aus dem Staub mache. Besser wäre es schon. Aber dann? Himmel, wie allein ich immer bin, zu Hause. Und dann würde ich in meiner kleinen Wohnung nur wieder die Blumengestecke neu arrangieren und meine Kleidung bügeln und das Haar auf Wickler drehen, vielleicht könnte ich mich auch morgen noch mit einem Frisörbesuch retten, einmal nachtönen bitte, aber so kurz vor Weihnachten bekommt man nicht einfach so einen Termin. Und dann wäre ich trotzdem wieder so allein. Und die anderen drei Weiber würden zu ihren Männern gehen und ihnen erzählen, was beim Julklapp heute so los gewesen war. Und die würden ihnen zuhören. Gut, zwischen Tomma und ihrem Mann wird es wahrscheinlich nicht gerade harmonisch zur Sache gehen, ich kenne Tomma, sie kann ein Drachen sein. Aber sie würde wenigstens nicht in einer leeren Wohnung umhertigern müssen.

Also bleibe ich sitzen und ziehe ganz heftig an der geklauten Zigarette. Ich werde nicht von hier verschwinden. Ich nicht.

Gabi schüttelt den Flockendelfin. Ganz wild. Sein glatter Fischkörper kämpft sich durch den Schneesturm. Margarete steht auf und geht zu der Tür, auf die sie schon diese ganze widerlich lange Weile starrt. Sie will sich wahrscheinlich frisch machen, denke ich und muss leider grinsen. Das gewöhnt man sich so an, wenn man sich tagein tagaus in Gedanken Witze erzählt, da lächelt man völlig ahnungslos vor sich hin. Wie ein Depp.

Und als ich abaschen will, zack, da schnappt sich die Tomma die silberne Nadel, die da vor mir in dem dunkelblauen Kästchen gelegen hat, und jagt sie mir in den Handrücken. So schnell geht das, rasend schnell, die Spitze findet ihren Weg zwischen meinen Knochen hindurch und gleitet aus der Innenfläche wieder heraus, haut in das grobe Holz darunter, bestimmt noch einen Zentimeter weit, jedenfalls nagelt sie mich auf der Tischplatte fest und ich starre auf die silbernen Ornamente, die ein wenig nach oben gerutscht sind und meine Hand einkeilen. Wie ein Szouflaki-Spieß, denke ich. Aber weh tut es nicht.

Gabi kreischt. Tomma blickt mir direkt in die Augen. Und Margarete ist noch nicht wieder vom Klo zurück.

Ich versuche, meine Hand hochzunehmen, aber verdammt noch mal, es geht nicht. Sitzt fest. Merkwürdig. Ich kann gar kein Blut sehen. Alles trocken.

Mit der rechten Hand greife ich nach der Zigarette, die mir vor lauter Schreck aus den Fingern gefallen ist. Ich ziehe am Filter. Die Weiber müssen denken, ich bin unglaublich abgebrüht. Dabei wundere ich mich selbst, dass es nicht wehtut und dass ich nicht in Ohnmacht falle wegen dem silbernen Minidolch in meiner Hand. Ich rauche ganz unerschütterlich.

Die Gabi schreit immer noch. Ich höre gar nicht so genau hin. Schließlich packt sie ihren Delfin, den in der Kugel und den auf dem Feuerzeug, schmeißt dreißig Euro auf den Tisch, und ich spüre dabei in der Hand genau die Wucht, mit der sie das Geld hinknallt, und dann geht Gabi. Haut einfach ab.

Und jetzt fängt es an zu bubbern. Zu Klopfen. Zwischen der Mittel- und der Zeigefingerwurzel hat die Tomma mir das Ding reingerammt, doch das Pochen beißt mir komischerweise in den Ellenbogen. Zieht Millimeter für Millimeter in Richtung Hand. Nicht umgekehrt. Es ist, als pirsche sich der Schmerz langsam in Richtung Ursache vor. Ich drücke die Zigarette aus.

Es wird sich entzünden, denke ich. Wahrscheinlich denkt man in solchen Momenten immer ganz verquere Sachen. Was heißt: in solchen Momenten? Allzu oft wird es wohl nicht passieren, dass eine einsame Frau beim Julklapp als Geliebte des Mannes ihrer Freundin enttarnt wird und dann eine Weile mit einer silbernen Schmucknadel in der Hand auf dem Esstisch eines griechischen Restaurants geheftet dasitzt. Aber in einem solchen Moment über eventuelle Entzündungen nachzudenken, ist abstrus. Und sich dann, so wie ich es tue, einen Ouzo zum Desinfizieren darüber zu kippen, ist noch abwegiger. Der Alkohol brannte ganz niedlich an der Einstichstelle, süßer, kleiner Schmerz, gar nicht auszumachen neben diesem immer heißer aufquellenden Pulsieren am Ellenbogen.

Ich merke, dass ich die ganze Zeit nur dorthin geschaut habe, auf dieses Wichtelgeschenk in meiner Hand. Und als ich auch aufblicke, stehen Margarete und Tomma nebeneinander und helfen sich gegenseitig in die Wintermäntel. War ich vielleicht doch für einen kurzen Moment bewusstlos gewesen? Habe ich etwas verpasst? Ein paar Worte, an mich gerichtet, Beschimpfungen oder Entschuldigungen, ganz egal. Irgendwas halt. Ich möchte ihnen etwas zurufen, sie sind schon am Tresen und bezahlen beim Griechen, schauen sich nicht um, ich will ihnen etwas zurufen.

„Halt! Lasst mich hier nicht so sitzen! All die vielen Jahre, hey, ihr könnt mich doch nicht im Stich lassen, einfach so. Ist doch Weihnachten! Wir sind doch Freundinnen, oder nicht?"

Aber die gehen einfach. Und ich habe ja auch in Wirklichkeit gar nicht gerufen. Habe nur gedacht. So ist das, wenn man zuviel allein ist. Da denkt man, dass man ruft und schreit, und in Wirklichkeit schweigt man ganz krank vor sich hin.

Jetzt blutet es endlich. Den letzten Ouzo trinke ich dann doch lieber aus. Und dann warte ich auf den Griechen, dass er mir die Rechnung bringt.

Bastards Bohntjesopp

Der erste Herbststurm vermittelte Janna das Gefühl, mehr Salzkristalle als Sauerstoff einzuatmen, und trotzdem konnte sie tiefer Luft holen als in all den Wochen und Monaten zuvor.

Sie hatte die wasserfeste Winterjacke heute hervorkramen müssen. Bis Ende September war das Wetter noch mit einem dicken Wollpullover zu ertragen gewesen, doch von einem Tag auf den anderen hatte ein nasskalter Inselwind eingesetzt, genau das Wetter, das in einem die Sehnsucht nach einer Tasse Tee und einem Stück warmen Apfelkuchen mit Zimtsahne hervorrief wie eine Vorahnung auf den Winter. Die Jacke hatte sich kaum noch schließen lassen, der Stoff spannte über ihrem Bauch und die Klettverschlüsse öffneten sich bei jeder Bewegung. Lange würde ihr der gute Ostfriesennerz nicht mehr passen.

Es wurde wirklich Zeit, die Ungeduld wuchs in ihr heran, manchmal schneller als das Kind, welches der Auslöser dafür war.

Doch sie fühlte sich noch immer sehr beweglich, fuhr mit dem Rad gegen den Wind, ließ sich den Regen ins Gesicht peitschen und erfreute sich an der Gewalt des Sturmes.

Der Bootshafen war bereits teilweise überschwemmt, obwohl es noch gut neunzig Minuten bis zum höchsten Wasserstand waren. Die befestigten Wege waren kaum noch auszumachen, alles schien wie von der grauen Masse des Wattenmeeres zugedeckt. Aber dies war nichts Ungewöhnliches, es musste lediglich ein paar Tage etwas stärker aus Westen wehen, und schon waren die ohnehin schlecht befestigten Hafenmauern überschwemmt und brüchig. Im Segelclub wurde schon seit längerem über eine entsprechende Baumaßnahme zur Sturmsicherung diskutiert, aber Janna bezweifelte, dass wirklich etwas unternommen werden würde.

Wahrscheinlich musste erst etwas geschehen.

Janna stellte des Rad jenseits der Umzäunung ab, denn direkt dahinter waren sie Pfützen bereits salzig. Sie versuchte zuerst noch trockenen Fußes zum Boot zu gelangen, doch im Nu spürte sie kalte Nässe zwischen den Zehen und ihre Hose wurde klamm. Nun, dann war es auch egal, wo sie hintrat, das Wasser leckte an ihr wie mit langen, nassen Zungen, und sie achtete nicht weiter auf ihre Schritte. Zu Hause würde sie ein warmes Bad nehmen und sich von Falk wieder richtig trocken rubbeln lassen, er würde ihr den Bauch liebevoll mit Avocadoöl massieren und dabei diesen staunenden Blick haben ...

Janna schmunzelte bei diesem Gedanken und spürte die Kälte an den Beinen kaum noch.

Die kleine Segelyacht schaukelte beachtlich zwischen den hölzernen Dalben, doch sie erkannte auf den ersten Blick, dass keine wirkliche Gefahr bestand: Die Fender schützten den Rumpf vor unsanften Stößen und die Leinen waren über Kreuz gelegt, sodass sich das Boot zwar auf und nieder, aber nicht von links nach rechts bewegen konnte.

„Lieber einmal zu viel als zu wenig nachgeschaut", dachte Janna und wollte gerade kehrtmachen, da erkannte sie, dass jemand an Bord der *Tête-à-tête* war. Die blaue Persenning war offen und schlackerte im Wind hin und her, dahinter zeichnete sich die Gestalt eines Mannes ab.

„Janna, ich dachte mir, dass du nach dem Rechten schauen würdest", rief ihr die Gestalt zu, „trotz Wind, Wetter und Wampe ..."

„Was hast du hier zu suchen", schrie sie zurück.

Er machte Anstalten, von Bord zu gehen und hielt sich an der Reling fest, um die Wetterplane zu schließen. „Ich habe auf dich gewartet. Wo kann ich dich sonst schon treffen, ohne dass gleich die halbe Insel davon erfährt." Er hantierte etwas unbeholfen am Reißverschluss herum und hatte sichtlich Not, auf dem schwankenden Boot das Gleichgewicht zu halten.

Süßwassermatrose, ging es Janna durch den Kopf, aber mit einem großen Schritt war er schließlich doch an Land.

„Frerich, ich will dich nicht sehen."

Er umfasste mit seinen großen, nassen Händen ihren Bauch. „Du siehst wunderbar aus."

Eigentlich wollte Janna zurückweichen, sie hasste fremde Hände auf ihrem Leib, schon die Blicke der Leute und die Spekulationen darüber, ob die Kugel eher auf einen Jungen oder ein Mädchen schließen ließe, waren ihr mehr als unangenehm, kamen ihr geradezu schon wie die Verletzung ihrer Intimsphäre vor.

Doch Frerichs Hände waren ihr ja beileibe nicht fremd.

„Es fühlt sich fester an als ich dachte", sagte er schließlich und nahm die Hände wieder zurück. Doch als sie sich umdrehen wollte, griff er sie ungewöhnlich hart am Arm.

„Bleib hier, Janna. Es dauert nicht mehr lange, stimmt es? Wenn ich mich nicht total verrechnet habe, dann ist es acht Monate her, dass wir beide ..."

Diesmal riss sie sich los. „Ich will das nicht hören ...", schrie sie und taumelte ein wenig. Sie fing sich mit der rechten Hand an einem durchnässten Holzpfahl und stand nun bis zum Knöchel in der kalten, grauen Pfütze aus Schlick und Meerwasser.

Lass mich in Ruhe, wollte ihr Blick ihm sagen.

Doch der Mann trat gleich wieder einen Schritt auf sie zu, blickte sie an, halb wütend, halb bittend, mit einem nassen Gesicht, über das der Rege lief. Wie Tränen, dachte Janna kurz, wenn die ihn nun küssen sollte, er würde salzig schmecken wie das Meer.

Fast hatte er sie erreicht, seine Arme waren geöffnet, er hatte sie wohl umfangen wollen, obwohl er doch nur zu gut wusste, dass Janna sich von niemandem beschützen lassen wollte, dass sie die Letzte war, die den Boden unter den Füßen verlieren könnte.

„Vorsicht", rief Janna.

Doch den nächsten Schritt verfehlte er, und wo eben noch fester Untergrund gewesen war, trat er nun in die Tiefe und wurde von der farblosen Nässe verschluckt.

Statt von seinen Händen wurde Janna nun von einer Windböe erfasst. Sie hatte ihm gerade noch direkt in die Augen geschaut, hatte seine unmittelbare Nähe bereits gespürt, nun war er mit einem Mal unter ihr verschwunden. „Frerich", schrie Janna, und plötzlich tauchte er wieder auf mit einem ungläubigen Schrecken in seinem Blick.

„Scheiße, Janna, mein Fuß hängt fest", er warf panisch die Arme um sich und versuchte, einen Halt zu finden, griff in den schlickigen Boden und erfasste nur einen losen Pflasterstein.

„Ich hänge in irgendeiner Leine oder so, verdammt, ich komme nicht los."

Janna schaute sich um, suchte nach einem Tau, einem Stock, irgendetwas Greifbarem, aber sie fühlte sich wie gelähmt, ihre Bewegungen waren so träge und unbestimmt, als hätte das kalte Wasser sie bereits ebenfalls im Griff.

„Janna, ein Rettungsring, hol euren Rettungsring von Bord, ich kann nicht mehr." Seine Stimme überschlug sich, Silbe für Silbe schlich sich die Angst in ihren Klang, machte aus dem Mann, der sie eben noch hatte halten wollen, einen verlorenen, kreischenden Jungen.

Endlich konnte sie handeln.

Sie umfasste die Reling der *Tête-à-tête* und zog sich mit einem kräftigen Ruck an Deck. Der Rettungsring lag etwas eingeklemmt im vorderen Ankerkasten und sie bekam ihn trotz der klammen Finger zu fassen. „Gott sei Dank, ich hab ihn", schrie sie dem verzweifelten Mann im Wasser zu, „versuch ihn zu fangen." Sie warf den Ring über Bord, nahezu in die ausgestreckten Arme, doch die Strömung und die Wellen warfen das Ding um einige Meter weiter fort, unerreichbar für den Ertrinkenden.

Janna staunte selbst, wie schnell sie den Pickstock zur Hand hatte, sie beugte sich weit über Bord, gefährlich weit, und tatsächlich verfing sich der Reifen an ihrem Haken. Sie zog ihn zu sich herauf.

„Frerich, halt durch ... alles klar, ... ich hab ihn wieder", sie schleuderte den Rettungsring erneut in die Richtung, und Gott sei Dank, sie sah, wie sich die Hände im Wasser um den weiß-roten Plastikkörper klammerten. „Du hast ihn, Frerich", außer sich vor Erleichterung sank sie auf dem Vordeck zusammen, „halt ihn fest, Frerich, du hast ihn ..."

Inzwischen war es ihm gelungen, den Oberkörper durch den Rettungsring zu stoßen, mit den Armen hatte er sich einen sicheren Halt verschafft und die ersten Atemzüge jenseits der Todesangst ließen ihn wieder zu Kräften kommen.

„Mein Gott, Janna, das war ...", er musste erneut Luft holen.

„... knapp, mein Lieber", ergänzte sie. Auf allen Vieren überquerte sie das Deck, ihre Arme und Beine waren nahezu taub vor Schreck und Erschöpfung. Vorsichtig hangelte sie sich von Bord und spürte erleichtert, dass sie wieder festen Boden unter den Füßen hatte. „Bekommst du den Fuß jetzt frei?"

Doch an seinen unbeholfenen Bewegungen konnte sie erkennen, dass dies nicht der Fall war.

„Warte, ich werde dir dabei helfen ..."

„Das wirst du nicht", in seiner denkbar schlechten Lage klang diese strenge Ablehnung beinahe lächerlich, „hol lieber jemanden, der mich los schneiden kann."

„Aber das Wasser steigt doch, selbst mit dem Ring kannst du dich nicht ewig oben halten ..."

Tatsächlich lächelte der Mann. Sein Fuß steckte irgendwo in der Tiefe in irgendeiner Falle und drohte ihn in die Tiefe zu ziehen, und er lächelte sie an.

„Bitte hol jemanden aus dem Ort, Janna, das ist nicht weit, so lang halte ich schon noch durch. Ich will nicht, dass du dir und unserem Kleinen nicht noch mehr zumutest."

Sie nickte, doch ihre Schritte von ihm weg waren eher zögerlich.

„Ich weiß, es ist unser Kind", sagte er ruhig.

Da rannte sie los.

Falk war froh, dass seine Mutter die Bowlenschale herausgerückt hatte, für gewöhnlich war sie sehr eigen mit ihren Erinnerungsstücken. Aber das bauchige Kristall hatte damals bei Falks Geburt schon auf dem Tisch gestanden, randvoll mit bernsteinfarbener Bohntjesopp, bereit für jeden, der den Stammhalter geistreich begrüßen wollte. Und nun würde er zur Ankunft ihres ersten Enkels wieder bereit stehen ... Falks Mutter hatte eine Schwäche für Traditionen, er hatte gar nicht groß argumentieren müssen.

Das Rezept von damals hatte sie ihm auch gleich handschriftlich mitgegeben. „Es wird auch langsam Zeit, die Rosinen einzulegen, je dicker sie werden, desto besser, genau wie bei den Frauen ..."

Sie konnte sich derlei Anspielungen nie verkneifen.

Der Kandis löste sich langsam auf und wurde zu einem schimmernden Sirup, der gute Branntwein benebelte schon durch sein Aroma und Falk verstand nun, warum der Genuss von Bohntjesopp ihm am Abend immer ein wohliges Gefühl, doch am folgenden Tag einen verfluchten Kater beschert hatte. Diese Mengen von Zucker und Hochprozentigem, versteckt in den so harmlos aussehenden Rosinen, noch dazu versehen mit einem so irreführenden Namen, schlichen sich Schluck für Schluck ein wie ein Trojanisches Pferd mit dem Ziel, den kleinen grauen Zellen den Garaus zu machen.

Er machte ihm Spaß, dieses Teufelszeug zu brauen. Falk hatte bei so vielen Freunden schon gesoffen und anschließend gelitten, fast alle seine Bekannten hatten ihren mehr oder weniger erwünschten Nachwuchs in fröhlicher Runde am Familientisch begossen.

Nun würde er der Gastgeber sein, endlich.

Der Sturm schien gleich mit in die Diele eintreten zu wollen, als Janna die Haustür öffnete.

„Ich bin wieder da", rief sie, „es ist alles in Ordnung mit dem Boot, so schlimm wird es wohl auch nicht mehr werden heute Nacht."

Janna begann ihre Unterhaltungen mit Vorliebe von einem Raum zum anderen, ohne dass man sich vorher in die Augen sehen konnte. Sie war laut und stürmisch wie das Wetter, das draußen herrschte, keine Windstärke konnte es mit ihr aufnehmen. Und das liebte er an ihr.

„Was machst du denn, Schatz?", fragte sie, kaum dass sie in die Küche eingetreten war.

„Du bist ja klitschnass", fiel ihm auf. Nicht nur ihre blonden Haare trieften, selbst die Latzhose war bis zu den Oberschenkeln tropfnass.

„Ich will auch ohne Umwege in die heiße Wanne, dass kannst du mir glauben." Unbekümmert wie immer entledigte sie sich ihrer Kleidung und steckte sie direkt in die Waschmaschine.

Splitternackt trat sie zu ihm und umarmte ihn von hinten so gut es ging. Der gewaltige Bauch war inzwischen zu einem Hindernis geworden, wenn sie sich nahe kommen wollten.

„Ich musste ein paar Leinen fester ziehen, da kann es schon mal etwas feuchter werden", erzählte sie beiläufig, doch er wusste, sie wollte ihm gleich den Wind aus den Segeln nehmen.

Sie kannte seine Besorgtheit und er war sich im Klaren darüber, dass sie diese nicht besonders mochte. Normalerweise konnte er sich auch gut zurückhalten und ließ sie ihrer Wege gehen. In den acht Jahren ihrer Ehe hatte er sie nicht einmal wegen ihrer Unbekümmertheit zurechtgewiesen. Doch seit sie schwanger war, konnte er seine Sorge um sie nur schwer verbergen.

Schließlich trug sie nun nicht nur die Eigenverantwortung, sondern hatte ein kleines, verletzliches Wesen in ihrem Uterus, das alles mitmachen musste, was Janna sich in den Kopf gesetzt hatte. Wäre es doch endlich da, dachte Falk, dann könnte ich es in den Armen wiegen und beschützen…

„Das nächste Mal gehe ich aber. Wenn ich nur daran denke, dass du mit dem Bauch …"

Wie erwartet fiel sie ihm gleich ins Wort: „Ich bin schwanger und nicht krank."

Er lachte und nahm sie in den Arm. „Ich lasse dir Badewasser ein, Schatz. Trink du noch eine Tasse Tee, das Stövchen ist noch an." Und tatsächlich gehorchte sie willig.

„Du bist wie ein Vater zu mir." Das konnte sie sich natürlich nicht verkneifen.

Kurz darauf sank sie selig in die Wanne und ließ sich mit dem Brausenkopf warmes Wasser über den Bauch laufen. Die Kugel ragte aus dem Schaumberg hervor und glänzte prall und gesund.

Falk setzte sich auf den Badewannenrand und massierte Janna den Nacken. Sie sagte nichts, ein untrügliches Zeichen, dass sie es genoss.

„Ich habe heute endlich die Bohntjesopp aufgesetzt."

„Ich habe es wohl gerochen", lächelte sie.

„Ich kann es kaum erwarten, Enno und die anderen vom Stuhl kippen zu sehen. Mein Rezept hat es wirklich in sich!"

Sie lachte. „Jetzt willst du es aber wissen …", und tauchte mit dem Kopf unter, um sich das Shampoo auszuspülen.

Falk ging wieder in die Küche. Die Schüssel mit den abgewaschenen Rosinen stand neben der Spüle. Er betrachtete die kleinen, schrumpeligen Trockenfrüchte.

„Na, dann werdet mal schön dick und rund", sagte er laut und schüttete die ganze Menge in den zuckersüßen Branntwein. Sie sanken auf den Grund der Bodenschüssel.

Dann ging er ins Bad zurück, um Janna richtig trocken zu rubbeln und ihr den Bauch mit Avocadoöl zu massieren, außerdem sollte sie nicht so lang im Wasser liegen.

Das Kind kam noch in derselben Nacht.

Kurz nachdem Janna aus der Wanne gestiegen war, platzte die Fruchtblase, warm und klar ergoss sich der Schwall auf den Badezimmerteppich und sofort danach setzten die Wehen ein.

Wie Wellen, hatte Janna gesagt, fühlten sich die Schmerzen an. Und sie hatte dabei gelächelt, was hatte er auch anderes von ihr erwartet.

Der Sturm machte es ihnen unmöglich, die Insel zu verlassen, weder der Hubschrauber noch das Rettungsschiff der DGzRS konnten bei dem Wind das Festland erreichen. Der Inselarzt, ein eher mürrischer, allein stehender Mann, konnte seinen Missmut über die nun zwangsläufig anstehende Hausgeburt nur schwer verbergen.

„Ihre Frau hätte schon viel eher rübergehen sollen", murrte er, als er den Instrumentenkoffer auf dem Küchentisch auspackte. „Man hat doch so viele Vorzeichen, die einem die Geburt ankündigen, da ist es unverantwortlich, auf dem Eiland zu bleiben. Sie wissen ja, ich bin keine Hebamme und kann keinen Kaiserschnitt machen, ganz zu schweigen von dem fehlenden Brutkasten, der bei einer Geburt vier Wochen vor Termin für das Baby bereitstehen sollte ..."

Er schüttelte den Kopf und Falk wurde bei diesen vorwurfsvollen Worten des Arztes ganz schlecht. Er fühlte sich elend und schuldig, schließlich hatte die letzte Untersuchung beim Gynäkologen ergeben, dass das Kind bereits mit dem Kopf ins Becken eingetreten war. Aber Janna hatte sich nicht überreden lassen, auf dem Festland zu bleiben, sie wollte zurück auf die Insel, nach Hause, es würde schon alles gut gehen, und basta. Und Falk hatte klein beigegeben.

Als er seine Frau nun betrachtete, wie sie konzentriert und ruhig die Wehen über sich ergehen ließ, da wurde er etwas ruhiger. Wie Wellen, hatte sie gesagt, und wie sie nun Wehe für Wehe umschiffte, erinnerte sie ihn tatsächlich ein wenig an die *Tête-à-tête*, ihre schwere Segeljacht, robust und aus Stahl konnte auch ihr der stärkste Seegang nichts anhaben.

Janna würde es schon schaffen, merkte er, und vielleicht könnte er ihr dabei ein wenig bestehen, ihr helfen, sie beschützen ... wenn er ehrlich war, hoffte er sogar sein bisschen darauf.

Als die kleine Tochter ihren ersten Schrei tat, waren alle Zweifel vergessen. Kräftig und gesund, genau wie die Mutter, lockte sie selbst dem zweifelnden, pessimistischen Arzt ein stolzes und zufriedenes Lächeln aufs Gesicht.

Janna legte das nackte Wesen gleich an ihre Brust und vermittelte einen Anblick von Ruhe und Selbstverständlichkeit, als hätte sie schon tausenden Kindern das Leben geschenkt.

Oder als sei sie im Hafen angekommen.

Und Falk war überwältigt.

Vier Tage später hatte sich der Sturm beruhigt. An seine Stelle war ein fast schon frostiger Ostwind getreten, der die Wassermassen aus dem Wattenmeer fort zu blasen schien.

Er legte die Wunden frei, die das Hochwasser angerichtet hatte.

„Nach dem Aufräumen treffen wir uns bei Janna und Falk zur Puppvisit ...", hieß der allgemeine Schnack unter den Insulanern, die sich zu allererst den doch recht in Mitleidenschaft gezogenen Bootshafen vorgenommen hatten. Sie rieben sich die kalten Hände und freuten sich schon auf das wärmende Gefühl, wenn der Branntwein mit Rosinen ihnen das warme Blut in Körper und Geist zurückbringen würde.

Ufersteine hatten sich im durchnässten Boden teilweise gelöst und einige Holzdalben standen windschief und wackelig im Hafenbecken. Der Gehweg war mit Schlick überzogen und noch unebener als zuvor. Wieder war man sich einig, dass etwas getan werden musste, bevor ein Unglück passierte.

„Enno, hier schwimmt was", riefen die kleinen Jungs aufgeregt dem Hafenmeister zu. Sie hatten mit Begeisterung bei den Aufräumarbeiten mitgemacht, die kleinen Insulaner. Mit ihren Stöcken und Keschern waren sie schwer beschäftigt, die Algen und Seetangreste von den Seilen und Tauen zu entfernen.

„Sieht aus wie ein Rettungsring", bemerkte ein Blondschopf, der mit seinem Pickstock versuchte, das grau-grün bedeckte Objekt freizulegen. Vier Jungs standen aufgeregt um ihn herum.

Der Hafenmeister kam nun hinzu und erreichte mit dem Stock und seinen langen Armen das Ding und fischte es aus dem Wasser.

„Tatsächlich, ein Rettungsring", bestätigte er und eifrige Kinderhände zerrten den Seetang zur Seite. „Von der Tête-à-tête", las Enno verwundert und rief dann seinem Segelkameraden zu: „Schau mal bei Falks Boot nach, ob da irgendwas kaputt gegangen ist. Warum sollte sonst der Rettungsring hier herumschwimmen? Den hatten sie mit Sicherheit gut verstaut, Janna ist doch sonst immer so pingelig mit ihren Sachen an Bord."

Der Freund stieg auf das Segelboot und schaute sich um. „Hmm, der Ankerkasten ist offen und der Pickstock liegt halb eingeklemmt auf dem Vorderdeck, aber sonst ...", er schaute sich nochmals um, „also, kaputt ist nichts. Nur die Persenning ist nicht richtig geschlossen. Da sind bestimmt 'n paar Liter Wasser in die Plicht gelaufen ..."

„Na, da wird sich Janna aber freuen. Gerade jetzt, wo das Baby da ist, und dann so 'ne Sauerei an Bord ..." Enno brachte den Rettungsring zu seinem Fahrrad. „Das gute Stück hier bringe ich den beiden besser gleich mit, wenn's Bohntjesopp gibt."

„Wie ich die Janna kenne, schwingt die sich sogar heute gleich auf's Rad, um das Boot zu schrubben", witzelte der Vereinskamerad und stieg wieder von Bord.

„Ha, während Falk den Säugling stillt ..." die Männer lachten laut, „... mit Bohntjesopp!"

Die Jungs hingegen waren bereits wieder intensiv mit ihrer Arbeit beschäftigt.

„Weiter so", ermunterte der Hafenmeister den Nachwuchs. „Wer weiß, welche Schätze ihr sonst noch so aus unserem Hafenbecken fischt."

Janna hatte die kleine Fenna in den Stubenwagen gelegt, damit alle Gäste einen Blick auf ihre wunderbare Tochter werfen konnten. Das Kind schlief satt und friedlich, es hatte gerade über eine halbe Stunde mit Muße an ihrer Brust getrunken und war dann direkt in ihrem Arm eingeschlafen.

Nun konnte sie Falk dabei helfen, die belegten Brote und das Salzgebäck auf den Tisch zu stellen. Die kleinen, henkellosen Tassen, aus denen man die Bohntjesopp nippte, hatte er eben noch bei seiner Mutter abgeholt. Sie mussten abgespült werden, jahrelang war aus ihnen nicht getrunken worden. Das Porzellan hatte Ewigkeiten auf seinen Einsatz gewartet. Das letzte Familienereignis war ihre Hochzeit vor acht Jahren gewesen, und Branntwein mit Rosinen gab es eben nur zu wirklich besonderen Anlässen.

„Du bist wirklich ein ganz besonderer Anlass", flüsterte Janna mit einem Blick in die Wiege. Falk, der sie wohl beobachtet hatte, umfing sie von hinten und küsste sie zärtlich ins Haar. Sie genoss seine Nähe, eigentlich hatte sie dies schon immer getan, doch seitdem sie nun Mutter war, breitete sich in ihr eine ganz neue Wärme aus. Ein Gefühl, das es zuließ, sich umzudrehen und ihren Mann zu umschließen, Geborgenheit zu geben und auch zu empfangen. Wie lange hatte sie gebraucht, diese Tiefe in sich zu entdecken ...

Und nun war sie endlich soweit. Sie hatten beide das sichere Wissen, nun endlich zusammen zu sein, dieselbe Insel zu bewohnen, im selben Boot zu sitzen.

„Moin, wo ist das Prachtexemplar?", rief es aus der Diele. „Oh, was ist das lecker warm hier!"

Die ersten Gäste traten ein, es waren die Frauen der Nachbarschaft und Vereinskameradinnen der Segelclubs. Sie legten ihre Jacken selbstverständlich in der Küche ab und schauten entzückt in das Kinderbett, gaben die üblichen Kommentare ab: „Na, Falk, das hätte Janna auch ganz allein gemacht haben können ..." „Ganz die Mama ..." und „Da wirst du als einziger Mann einen schweren Stand haben ..."

Janna und Falk tauschten die Blicke und lächelten.

„Wo sind denn überhaupt die Männer?", fiel es Falk auf, als er allen Anwesenden eine Kelle Bohntjesopp in die Tassen gefüllt und sie gemeinsam den ersten Schluck zu Fennas Ehren getrunken hatten.

„Die sind noch im Hafen, da muss nach dem Unwetter dringend aufgeräumt werden."

Janna stellte das Getränk zur Seite.

„Magst du meine Mischung nicht?", fragte Falk, der seine Frau nicht aus den Augen ließ.

„Ich will mich etwas zurückhalten", entschuldigte sie sich, „sonst ist Klein-Fenna beim nächsten Schluck Muttermilch betrunken."

Die Frauen lachten und erzählten von ihren Müttern und Großmüttern, die sich mit einer Extraportion Bohntjesopp stets ein selig schlafendes Kind und somit eine ruhige Nacht verschafft haben.

Aber Janna hörte nur mit einem Ohr hin.

„Nun müssen die Männer aber auch bald kommen", wunderten sich die Frauen.

Die altbekannten Geschichten, die bei Kindsgeburten immer auf den Tisch kamen, waren alle erzählt, von Lüttje-Johanns Geburt im Kuhstall bis zu Trientje Janssen, die angeblich mit Wehen übers Wattenmeer gelaufen sein soll, um ihr Kind im Krankenhaus zu bekommen. Nun griffen die Frauen immer beherzter zu den Matjesbroten und die Themen wurden immer alltäglicher und belangloser.

Gerade als sich die ersten Frauen zum Gehen erhoben hatten, kamen die Kinder. Fünf Jungs, über und über mit Schlick verschmiert, mit den klammen Händen wild gestikulierend, konnten sie vor Aufregung kaum sprechen, schrien durcheinander und fielen sich gegenseitig ins Wort.

„Wir haben 'ne Leiche entdeckt ..." „...voll aufgedunsen ..." „...supereklig ..." „...total in den Leinen verheddert ..." „ ...Pickstock voll ins Fleisch eingerissen ..." „...wie aufgeweichtes Brot ..."

„... Mama, Mama ..."

Die Kinder, hingerissen zwischen Abenteuerlust und Entsetzen, verliefen sich schließlich nach und nach in die Arme ihrer Mütter, nur noch leise schaudernd und auf die beruhigenden Worte lauschend. Fassungslos schwiegen die anderen. Janna war ans Kinderbett getreten.

Da trat Enno ein, der Hafenmeister, auch er in seiner nassen und verdreckten Arbeitskleidung und mit Schrecken im Gesicht.

„Es ist wohl Frerich", sagte er nur und nahm in einer etwas theatralischen Geste die Mütze vom Kopf.

Entsetzen machte sich im Raum breit, selbst die Frauen, denen der Branntwein schon zu Kopf gestiegen war, wurden blass.

„Selbstmord?", fragte Falk.

Enno zuckte die Schultern. „Keine Ahnung, wir haben ihn eben mit der Feuerwehr aus dem Hafenbecken gezogen. Er hatte sich in den Bootsleinen verfangen, deswegen ist der Körper wohl auch erst heute zu entdecken gewesen. Die letzten Tage war das Wasser zu hoch."

„Oh, mein Gott", entfuhr es einer Frau und jeder im Raum schien sich seinen Vorstellungen dieses Anblickes zu ergeben. „...die letzten Tage ... wie lange er wohl, oh, mein Gott!"

Enno ging zum Bowlentopf und tat sich selbst einen großen Schluck Branntwein in die Tasse.

Auf die Rosinen verzichtete er. „...wohl schon ziemlich lange ...", führte er den Gedanken zu Ende.

Es wurde still.

Zwei der Jungen hatten im Arm der Mutter zu weinen begonnen, erst jetzt konnte man ihr leises, etwas verschämtes Wimmern hören. Die Frauen erhoben sich nach und nach und stellten ihre Tassen in die Küche. Dort warfen sie sich die Jacken über und verabschiedeten sich mit entschuldigendem Blick.

Fünf Minuten später waren sie alle gegangen, nur Enno hatte dankbar eine zweite Portion Bohntjesopp entgegengenommen, er saß nun allein mit Falk am Tisch.

Janna stand noch immer an der Wiege, die sie sanft zu schaukeln begonnen hatte.

„Wir nehmen an, dass Frerich vor vier Tagen verunglückt sein muss." Enno nippte an seinem Getränk.

„Wie kommt ihr zu dieser Annahme?", fragte Falk.

„Seitdem hat ihn keiner mehr gesehen, und ..."

„Wer soll ihn auch schon gesehen haben. Frerich ist, äh ... war doch alles andere als ein Kneipengänger, den hat man doch nie irgendwo gesehen."

Enno zögerte ein wenig. „Und ... also, es muss am ersten Tag des Sturmes geschehen sein, bei normalem Wasser hätte man ihn sonst schon früher entdeckt, wenn dann das Unglück überhaupt geschehen wäre ... und dem Zustand seines Leichnams nach konnte es auch keinen Tag später passiert sein. Ich bin ja kein Fachmann auf dem Gebiet der Pathologie ..."

Janna hatte das Getränk an die Lippen geführt und trank einen vorsichtigen Schluck.

„...aber wenn ein Körper auf einmal doppelt so groß ist ..."

Sie stach mit ihrer kleinen Gabel in eine voll gesogene Rosine, die Haut zerplatze regelrecht und das pralle Fruchtfleisch quoll hervor. Janna ließ die Tasse aus den Fingern gleiten und rannte aus dem Zimmer. Die beiden Männer hörten aus dem Badezimmer ihr Würgen. Sie schauten sich an.

„War einer von euch an diesem Abend im Hafen?", fragte Enno in nahezu flüsterndem Ton.

Die beiden waren Freunde, sie hatte dies zwar noch nie so ausgesprochen, aber eine wahre Freundschaft besteht ja ohnehin nicht aus Worten.

Aus diesem Grund war Enno auch ein wenig verlegen, er räusperte sich. „Ich frage nur, weil im Hafenbecken euer Rettungsring gefunden wurde. Jemand muss ihn aus eurem Ankerkasten genommen haben, und ich nehme mal an, um Frerich damit zu retten."

Falk lächelte, auch wenn dies etwas unpassend war. „An diesem Abend hatten wir besseres zu tun. Da wurde doch unsere Tochter geboren."

„Ich wollte dich auch nur darauf aufmerksam machen. Du kannst davon ausgehen, dass euch die Polizei besuchen wird. Jeder unnatürliche Tod wird polizeilich untersucht, und der Rettungsring ist nun mal ein Indiz dafür, dass jemand das Unglück bemerkt haben könnte. Sie werden euch sicher dazu befragen. Ich hoffe, ihr regt euch nicht zu sehr darüber auf."

Immer noch war Janna im Badezimmer. Das Baby in der Wiege hatte zu schreien begonnen. Falk nahm das kleine Mädchen behutsam auf den Arm und gab ihm den kleinen Finger in den Mund, an dem es heftig zu saugen begann.

„Die Kleine hat einen gesegneten Appetit", staunte Falk. „Zu schade, dass wir Männer in diesem Fall nichts als einen trockenen Finger zu bieten haben."

Enno verstand die Bemerkung. Er erhob sich, leerte den letzten Schluck Branntwein stehend und verabschiedete sich.

Janna lehnte im Türrahmen und beobachtete Falk, wie er die immer hungriger werdende Fenna zu beruhigen versuchte. Und sie wusste, dass er das Kind nun mit anderen Augen sah.

Falk war nicht dumm.

„Du hast ihm nichts gesagt?"

Er drehte sich zu ihr um und blickte sie an.

Er brauchte ihr nicht zu sagen, dass er verstanden hatte. Er wusste, dass sie an diesem Abend am Hafen gewesen war und ihn belogen haben musste, als sie sagte, alles sei in Ordnung gewesen.

Und den Rest konnte er sich zusammenreimen, wenn er wollte.

Doch als Janna auf ihn zukam und ihm zärtlich das Kind aus den Armen nahm, um es zu stillen, da hatte er diesen Gedanken bereits verdrängt.

Falk nahm die Kristallschale. Sie war noch halbvoll, und als er zum Badezimmer ging, musste er aufpassen, dass der Inhalt nicht über den Rand schwappte. Er öffnete den Toilettendeckel und goss mit einem Schwall die bernsteinfarbene Flüssigkeit fort. Er sah die dicken Rosinen verschwinden, als er die Spülung zog.

Janna stand hinter ihm.

Und beiden war klar, dass er von diesem Augenblick an der Stärkere von ihnen war.

Auf links gedreht

Charlotte Dorothee Mink sah so aus, wie ihr Name es versprach: klein und unauffällig in der gottgegebenen mageren Gestalt. Graue Augen, graue Haare, graue Haut, irgendetwas zwischen dreißig und sechzig, also irgendetwas zwischen den besten und den letzten Jahren einer Frau.

Gestärkter, viel zu breiter Spitzenkragen, aus dessen Umklammerung sich ein schildkrötenhafter Hals erhob. Kein Schmuck, besser nicht, er hätte gewirkt wie die riesigen, goldenen Christbaumkugeln an einer völlig entnadelten Nordmanntanne nach dem Dreikönigstag.

Mir ist es unangenehm, ja, fast peinlich, wenn ich vor Gericht Mandanten zu vertreten habe, die wirklich unattraktiv sind, so unattraktiv wie Fräulein Mink. Wenn die den Mund aufmachte, ihre jämmerlich gelben Zähne zeigte und mit fipsiger Stimme dem Richter Antwort gab, dann wollte ich am liebsten im Erdboden versinken. Eine solche Mandantin ist verheerender als eine Laufmasche im Seidenstrumpf. Ich bin eitel, keine Frage. Da vertrete ich schon lieber fleischige Firmenbosse, die wegen sexueller Belästigung angeklagt sind, Hauptsache sie tragen Kaschmir oder wenigstens eine andere Sorte Naturfaser am Leib. Fräulein Minks Strickjacke war handgemacht und knisterte bei jeder Bewegung. Als ich sie damals im Untersuchungsgefängnis kennen lernte, bekam ich beim ersten Handschlag eine gewischt. Seitdem vermied ich es, sie zu berühren.

„Angeklagte Mink, wir kommen heute zum letzten Tag der Verhandlung. Die Beweisaufnahme ist abgeschlossen, und bislang haben wir immer noch keine klare Aussage, warum Sie an diesem Tag im vergangenen April ohne irgendeinen von außen ersichtlichen Grund das Ihnen zur Last gelegte Verbrechen begangen haben."

Brandstiftung. Das imposante Gebäude der „Mega-Wash-Center GmbH" war in nur wenigen Stunden zu Schutt und Asche zerfallen. Keine Toten, Gott sei Dank, ein Dutzend Leichtverletzte, ein

Feuerwehrmann mit Oberschenkelhalsbruch und ein paar Millionen Euro Sachschaden, ganz zu schweigen von den hundert vernichteten Arbeitsplätzen.

Das Interesse an diesem Fall war beachtlich. Dies war auch der einzige Grund, weshalb ich die Verteidigung der Brandstifterin übernommen hatte. Fast jeden Tag ein Bild von mir in der Lokalpresse, und ich bin wirklich fotogen, oftmals auch ein oder zwei Zitate aus meinem Mund: „Die Verteidigerin der Angeklagten plädiert auf mildernde Umstände, da man ihrer Mandantin keine niedrigen Beweggründe nachweisen konnte und die bislang unbescholtene Hilfskraft Charlotte M. allem Anschein nach im Affekt gehandelt hat."

Zugegeben, befriedigend war es nicht, was ich bislang hatte hervorkitzeln können.

Doch versuchen Sie mal, das Seelenleben der Charlotte Mink zu begreifen. Ein allein stehendes Fräulein, das sich an dieser althergebrachten Titulierung nicht im Geringsten störte, hatte sich tagein, tagaus und Jahr für Jahr bei Mega-Wash um die schmutzige Wäsche anderer Leute gekümmert. Wenn sie Geburtstag hatte, brachte sie ihren Kolleginnen von der Erstsortierung einen Streifen Butterkuchen mit, ansonsten hielt sie sich zurück. Wortlos öffnete sie am langsam dahin gleitenden Fließband die Taschen und Koffer, die Tüten und Kartons von fremden Menschen und verteilte die muffeligen Bekleidungsstücke in nummerierte Wäschesäckchen für Buntes, Weißes und Spezielles. BHs mit Bügel wurden immer von Hand gewaschen, sonst ruinierte man sich die teuren Maschinen. Doch dies fand bereits jenseits ihres Zuständigkeitsbereiches statt. Charlotte Mink sortierte nur.

„Sie hat nie viel erzählt", gab ihre Kollegin Susanne R. am zweiten Verhandlungstag zu Protokoll. „Wir anderen haben oft Spaß bei der Arbeit. Sie können sich ja gar nicht vorstellen, was die Leute so für Wäsche tragen ... Es ist der helle Wahnsinn. Babywindeln für Männer in Konfektionsgröße 58, wirklich wahr, hat es alles schon bei uns gegeben. Oder Schlüpfer, auf denen so Sprüche stehen wie ‚Reiß mich runter, Baby'! Da kullern uns oft die Lachtränen herunter, dass können Sie glauben, Herr Richter. Aber die Charlotte hat nie mitgemacht. Wir mochten sie trotzdem, sie hat ja keinem was getan, sie hat immer ordentlich sortiert."

Bis zu diesem einen Tag im April. Da war Charlotte Mink plötzlich aufgestanden und hatte sich den Kanister mit Reinigungsbenzin für besonders hartnäckige Flecken geholt.

Diesen Moment bin ich mit meiner Mandantin bereits hundertmal durchgegangen, das können Sie mir glauben.

„Warum sind Sie aufgestanden? Was hat Sie dazu veranlasst, Ihre gewohnte Arbeit zu unterbrechen? Waren Sie wütend? Auf Ihr trostloses Leben, auf die albernen Kolleginnen oder vielleicht auf sich selbst?"

Doch sie hat mir nie eine Antwort darauf gegeben, zumindest keine richtige.

„Habe ich ein trostloses Leben?"

Was sollte ich darauf antworten? Ich bin bereits zum zweiten Mal geschieden, Fräulein Mink hat, jede Wette, noch nie einen Mann an sich rangelassen. Mein Tag ist rasant wie bei der Frau in der Werbung für den Kaffee mit dem halben Koffein und dem ganzen Geschmack. Fräulein Mink trank nur Kamillentee. Ich verdiene im Monat einen fünfstelligen Betrag und muss mir dafür nicht einmal die Hände schmutzig machen, zumindest nicht im wortwörtlichen Sinne. Sie kontrollierte benutzte Unterwäsche fremder Menschen auf hartnäckige Flecken und kassierte dafür einen Betrag, der knapp über der Sozialhilfeberechtigungsgrenze lag. Für mich war es keine Frage: Sie hatte ein verdammt trostloses Leben.

„Ich konnte einfach nicht mehr sitzen", sagte sie plötzlich, heute, an ihrem letzten Verhandlungstag. Ich schreckte hoch. Auch der Staatsanwalt schien aus seiner Lethargie zu erwachen.

Fräulein Mink sah sich im Gerichtssaal um, sie schien fast ein wenig erstaunt über sich selbst zu sein.

„Verstehen Sie nicht? Ich konnte auf einmal nicht mehr sitzen bleiben und diese Berge von Wäsche an mir vorbeifahren lassen."

Blitzschnell erhob ich mich. „Erlauben Sie mir, verehrtes Gericht, dass ich meiner Mandantin dazu ein paar Fragen stelle?" Der Richter nickte mir zu.

Ich schaute herab und berührte die Frau neben mir leicht, was mich unendlich viel Überwindung kostete. Sie sah auf, und ich blickte ernst in ihr ausdrucksloses Gesicht.

„Fräulein Mink, wie wir bereits hier im Gerichtssaal vernehmen konnten, sind Sie laut psychologischem Gutachten absolut zurechnungsfähig. Nun sagen Sie uns, dass Sie an diesem Tag einfach nicht mehr sitzen bleiben konnten, dass Sie nicht mehr in der Lage waren, Ihre Arbeit weiter zu verrichten. Da Sie uns ja nun als vollkommen gesunder Mensch gegenüberstehen, können wir, das heißt der Staatsanwalt, der Richter und ich als Ihre Verteidigerin, aber auch alle von dieser Brandkatastrophe Betroffenen, von Ihnen eine plausible Erklärung erwarten, warum es zu diesem Ausbruch von Ihnen gekommen ist. Vor allem: Warum sind Sie nicht einfach aufgestanden und gegangen? Nein, Sie haben die komplette Wäsche in Ihrem und in den Nachbarräumen mit Reinigungsbenzin übergossen, und zwar so, dass es keiner Ihrer Kollegen mitbekam. Sie haben ein Bügeleisen auf höchster Stufe in einen der brennstoffgetränkten Stoffhaufen gelegt, erst dann sind Sie gegangen."

„Ja, so war es", sagte meine Mandantin und hob die Schultern, als erwarte sie eine Standpauke.

„Ja, aber warum?", fragte ich in den Saal und bemerkte mit Schrecken, dass meine Stimme eine Spur zu emotional klang.

„Es war wegen der Socken ..."

Ich hielt den Atem an. Niemand sprach ein Wort. Fräulein Mink hatte den Blick gesenkt.

„Verstehen Sie? Die Socken waren auf links gedreht. Irgendein Mensch ...", mit einem Mal schwoll ihre Stimme an, gewann Wort für Wort an Substanz, sodass der unangenehm hohe Singsang nicht mehr auszumachen war. „... irgendein Mensch hat sich diese Dinger am Abend ausgezogen und sich den elastischen Stoff über die schwitzenden Füße gerollt. Die Strümpfe können so nicht in die Maschine, wir müssen sie erst wenden." Dann blickte Charlotte Mink auf, ruckartig schickte sie ihren kühlen Blick in den vollbesetzten Saal, als entlarve sie all die Sünder auf den Bänken und Stühlen. „Um diese Socken wieder auf rechts zu drehen, müssen wir unsere Finger in den Schlauch hineinstecken und die Spitze des Strumpfes nach vorn ziehen."

Sie vollführte mit ihren knochigen Händen die Bewegung, schnell und aggressiv, immer und immer wieder. Jeder im Gerichtssaal starrte auf diese Geste.

Ich ließ der Stille einen Moment Zeit, bis in jede Ritze des Raumes vorzudringen. Manchmal ist das Schweigen in einer Verhandlung wichtiger als tausend zurecht gelegte Worte. Charlotte Mink hörte nicht auf, wie eine Pantomimin hantierte sie mit den imaginären Wäschebergen und zog unsichtbare Sockenknäuel hervor. Und in ihrem Gesicht erschien etwas, das nichts mehr mit dem unauffälligen Fräulein der letzten Tage zu tun hatte. Noch konnte man nicht ausmachen, zu was sich dieser Ausdruck entwickeln könnte. Ich musste tiefer gehen. Ich musste mich in sie hineinversetzen.

Ich musste sie auf links drehen.

„Entschuldigen Sie, Fräulein Mink, Sie sortieren den ganzen Tag schmutzige Wäsche, was soll dann an den Socken so schlimm gewesen sein, dass es Sie so in Rage versetzt hat?"

Sie blickte von ihren rührigen Händen auf und starrte mir ins Gesicht. „Verstehen Sie denn nicht? Es verletzt mich. Es gibt einen großen Unterschied zwischen dem Berühren und dem ... Eindringen ..." Das letzte Wort würgte sie geradezu heraus.

„Nein, das verstehe ich nicht!" Natürlich verstand ich sie. Ich lächelte die an, und ich hatte gar keine großen Schwierigkeiten, dabei herablassend zu wirken. Armes dummes Mädchen, dachte ich, und sie wusste, dass ich so dachte.

Sie stand auf. Sie konnte nicht mehr sitzen bleiben. Ich hatte sie so weit.

„Schauen Sie nicht so überheblich. Sie sind doch meine Anwältin! Verteidigen Sie mich! Aber wie sollten Sie, Sie können es sich doch gar nicht vorstellen. Ich wette, Sie geben Ihre Wäsche auch aus dem Haus. Und ich wette, Sie zerknüllen ebenfalls Ihre Socken. Sie sind an allem schuld!"

Ich sagte nichts. Ich lächelte nur. Gleich hatte ich meinen Fall gewonnen. Und tatsächlich, sie fuhr ruckartig zu mir herum, in ihren Augen glühte die Wut, und das Haar lud sich in Sekundenschnelle an ihrer Strickjacke auf, sodass es wild zu Berge stand.

Blitzschnell griff ich ihre Handgelenke, wenige Millimeter vor meinem Hals. Ich war stärker als sie, doch es kostete mich sehr viel Kraft, sie davon abzuhalten, mich zu würgen.

„Ich kann es nicht ertragen." Sie schrie, der wilde, raue Ton aus ihrer Kehle erfüllte den Saal. „Im Stoff hängt noch der Geruch des Fußes, ich kann die Feuchtigkeit des Schweißes an meiner Hand fühlen. Aber es ist nicht mein Geruch, und es ist nicht mein Schweiß." Endlich kamen zwei Gerichtsdiener und packten sie von hinten. Sie bogen ihr die Arme auf den Rücken, Fräulein Mink wehrte sich, sie spuckte und trat um sich. Natürlich ohne eine Chance, jemanden zu treffen. Doch innerlich feuerte ich sie an. Ja, schlag um dich, zeig ihnen deine andere Seite, deinen Hass und deine Wut. Und wenn es auch nur gegen die Socken geht, egal. Schrei es heraus.

Die beiden Uniformierten schoben Fräulein Mink aus dem Verhandlungssaal. Sie brüllte wie am Spieß. Als sich die Türen hinter ihr schlossen, war es wieder einmal still.

Wunderbar still. Genau die richtige Stille, um sie mit meinen Worten zu unterbrechen.

„Ich wiederhole meinen Antrag auf mildernde Umstände. Ich sehe es nun als erwiesen an, dass meine Mandantin, die bislang unbescholtene Charlotte Dorothee Mink, nicht aus niederen Beweggründen, sondern im Affekt gehandelt hat."

Der Richter nickte. Ich sah dies als gutes Zeichen an. Für mich war der Fall erledigt.

Eigentlich. Die Strafe war mild ausgefallen. Zwei Jahre, ohne Bewährung zwar, aber man sollte nicht meckern, es hätte leicht das Fünffache dabei herauskommen können.

„Bei guter Führung sind Sie schon viel eher wieder draußen", beruhigte ich Charlotte Mink. Sie nickte nur. Still und grau ließ sie sich in die Zelle führen.

Das ist jetzt zehn Jahre her. Charlotte Mink sitzt immer noch.

Ich wusste damals nicht, dass man sie für die Gefängniswäscherei eingeteilt hatte.

Weggezappt

Die Sommerpause, endlich war sie vorbei. Die Zeit der schlappen Nachahmer im Vorabendprogramm gehörte der Vergangenheit an.

Viola Schmitzke rückte das Sofakissen im Kreuz gerade, legte die in eine bequeme Jogginghose gehüllten Beine auf den Hocker und goss sich ein Glas sprudelndes Mineralwasser ein. Ihrer Laune nach hätte es auch gern ein Piccolöchen sein können, doch Walter sah es nicht gern, wenn sie Alkohol trank. Er empfand es als unfair, da er sich nach seinem Eingriff vor zwei Monaten auf Empfehlung des Arztes etwas zurückhalten musste.

Es war nicht so schlimm. Ihre Anspannung löste sich in dem Moment, als die Werbepause vorbei war und endlich, endlich die Erkennungsmusik lief.

Gewinnen Sie Millionen! Das Quiz!

Walter kam herein. Es ging ihm nicht so gut heute. Schwer ließ er sich neben sie fallen, floss in die Polster und legte die Füße auf den Tisch. Gleich morgen wollte er sich den Schrittmacher neu einstellen lassen. Er hatte heute mit dem Doktor telefoniert: „Mir ist nicht so wohl, ich bin irgendwie schlapp und schwindelig." Walter war ein Jammerlappen. Es sollte keine große Sache sein, sagte der Arzt. Man müsse nur an ein paar Knöpfchen drehen, und schon wäre das Herz wieder im richtigen Rhythmus.

„Und wen darf ich heute in unserer ersten Sendung nach der Sommerpause zu mir an den Tisch bitten?" Die Frisur des Moderators was kürzer, irgendwie flotter, jungenhafter ... Viola seufzte.

„Bringen Sie die ostfriesischen Inseln in die richtige Reihenfolge, beginnend im Westen. A: Baltrum, B: Norderney, C: Juist, D: Spiekeroog."

„C B A D!", rief Viola aufgeregt, aber leise. Das Bild flackerte kurz, wurde grün mit kleinen, wild umherlaufenden Punkten. „Es steht noch immer eins zu eins, bislang hat noch keine der beiden Mannschaften einen Vorteil ...“

Viola schaute zur Seite. Walter hatte sich die Fernbedienung geschnappt.

„Bundesliga“, sagte er knapp.

„Aber nur mal kurz reinschauen, ja?“, sagte sie und hielt dabei ihre Stimme im Zaum. Sie wollte ihn nicht aufregen. Wenn er merkte, wie sehr sie das andere Programm sehen wollte, dann würde er vielleicht mit Absicht ... „Schaltest du bitte wieder um?“

Ohne ein Wort zu sagen, aber mit rollenden Augen drückte er den Programmdurchlauf.

Ein Tierfilm: Ein mächtiger Hirsch röhrte in die Kamera.

Akte X: Special Agent Scully erwachte neben einem schleimigen Außerirdischen.

„Was für ein Mist“, sagte Walter.

„Walter, bitte!“

Endlich wieder das Quiz. Eine sympathische Blondine saß auf dem begehrten Stuhl. Sie war schon bei der 1000-Euro-Frage angelangt und lächelte immer noch.

„Welchen Vornamen hatte Goethe? A: Kurt Theodor, B: Johann Wolfgang, C: Karl-Heinz, D: Rolf-Dieter.“

„Ich weiß es“, sagte Viola.

„Ich weiß es“, sagte die Blondine. „Antwort B: Johann Wolfgang!“

„Genau“, sagte Viola.

„Sind Sie sicher?“, fragte der smarte Moderator und zog die rechte Augenbraue in die Höhe.

„Absolut“, antworteten Viola und die Blondine wie aus einem Munde.

„Nicht vielleicht Kurt Theodor von Goethe?“

Viola kicherte nervös. Sie liebte es, wenn die Spannung so wunderbar hoch gekitzelt wurde. Das gab es wirklich nur bei dieser Sendung. Alles andere war ...

Zapp. Männer in durchschwitzten Trikots lagen sich in den Armen, sprangen mit Anlauf übereinander, rissen sich gegenseitig um. „Ein sensationelles Tor der Gastgeber. Darüber wird man noch lange sprechen. Zwei zu eins nach sauberer Flanke und einem gekonnten Fallrückzieher." Walter straffte sich ein wenig.

„Schatz, das ist doch gar nicht dein Verein. Musst du das jetzt sehen?"

„Ja", sagte er, ohne den Blick von der Mattscheibe zu wenden. Viola nahm das Glas zur Hand und schluckte mit dem Wasser auch die angestaute Wut herunter. In der Sommerpause hatte Walter absolute Narrenfreiheit gehabt, Formel eins und Tour de France rauf und runter. Doch jetzt war sie an der Reihe. Viola schnappte sich den kleinen, schwarzen Kasten.

Walter brummte. Sie drückte.

Zwei Hirsche lagen sich brutal in den Geweihen, begleitet von brausender Orchestermusik.

Mit ernstem Gesicht erzählt Special Agent Scully ihrem gut aussehenden Kollegen von der grausigen Überraschung in ihrem Bett.

Dann klatschte das Publikum, die Blondine strahlte. Sie hatte soeben die 32 000-Euro-Frage richtig beantwortet. Und erst einen Joker verbraucht. Alle Achtung.

„Machen Sie weiter?", fragte der Moderator.

Und ob sie weiter machte.

„Welche Eigenschaft trifft auf Kunststoffe nicht zu: A: polymer, B: elastisch, C: unzerstörbar, D: langlebig."

Viola sog die Luft ein. Verdammt schwere Frage. Aber für vierundsechzig Riesen musste auch schon etwas kommen. Versuch es mit dem Ausschlussverfahren, feuerte sie in Gedanken die Kandidatin an.

„Ich versuche es mit dem Ausschlussverfahren", sagte diese.

„Mutig, mutig", sagte der Moderator und lehnte sich mit skeptischem Blick in seinen Stuhl zurück.

„Also, langlebig ist Kunststoff auf alle Fälle, sonst hätten wir ja wohl nicht unser Müllproblem."

Clever, dachte Viola.

„Und aus dem Chemieunterricht weiß ich noch, dass polymer etwas mit langen Molekülketten zu tun hat, und das trifft auf Kunststoff wohl auch zu, also scheidet A auch aus. Tja." Die Frau zögerte. Viola spürte, wie sich ihre Fingernägel in die Handflächen bohrten. „Bleiben nur noch B und C, elastisch oder unzerstörbar, hmm ..."

„Wollen Sie einen Joker einsetzen?" Ein Raunen ging durch das Studio.

Der blonde Schopf wippte hin und her, sie war unentschlossen. „Was ist Kunststoff nicht: elastisch oder unzerstörbar ..."

Viola überlegte. Wenn sie jetzt dort auf diesem Stuhl säße, dann würde sie aufs Ganze gehen. Risiko war das Spiel!

„O.k., ich geh aufs Ganze", sagte die Blondine entschlossen. „Risiko ist das Spiel!"

War das möglich? Konnte die Frau Gedanken lesen?

„Ich sage C: unzerstörbar."

„Sind Sie sicher?", fragte wieder der Moderator. Was war er doch für ein Schelm.

„Nein, aber ich riskiere es. Und meine Antwort ist C!"

„Und dabei bleibt es?"

Viola konnte den kleinen Schatten des Zögerns über das Gesicht der jungen Frau huschen sehen. Ob sie sich umstimmen ließ?

Walter entriss ihr die Fernbedienung. Halbzeitpause. Zwei sportive, ältere Männer in Sakkos diskutierten auf der Tribüne das Spielgeschehen.

„Oh nein, Walter, bitte nicht! Das kannst du jetzt nicht machen. Es war gerade so spannend!"

„Halt mal eben die Klappe, Schatz", grunzte er.

Warum tat er das? Warum lauschte er nun den Fachsimpeleien dieser ausgedienten Profispieler? Ob nun die Abwehr zu schwach war oder der Torwart ein Versager, er konnte doch eh nichts daran ändern, das Spiel lief auch ohne Walter Schmitzke. Hatte er nicht bemerkt, dass es bei *Gewinnen Sie Millionen* gerade wirklich ums Ganze ging? Was, wenn Kunststoff nun doch zerstörbar, aber dafür unelastisch war?

„Ich möchte jetzt mein Quiz sehen!" Viola schob ihren Kopf zwischen seine Augen und den Fernsehapparat. Er drängte sie zur Seite, als verscheuche er eine lästige Fliege.

„Nerv nicht rum, Schatz!"

In hastigen Schlucken leerte sie ihr Glas, doch es nutzte nichts, sie kochte fast vor Wut. Sie griff nach der Fernbedienung, doch er hielt die unerreichbar in seinen kräftigen Männerhänden. Die Fußballexperten beplauderten gerade, ob der Libero der führenden Mannschaft eine Bereicherung für die Nationalelf sei. Der eine meinte ja, der andere zweifelte. Was für ein Geschwafel.

Langsam zog Viola die Füße vom Hocker und richtete sich auf. Hinter ihm kniend, ließ sie langsam ihre warmen, schwitzigen Hände um seinen Hals gleiten. Er zuckte zusammen. Sie verstärkte den Druck. Eine hingebungsvolle Nackenmassage hatte ihn bislang immer weich gemacht. Kräftig und sanft zugleich knetete sie sein behaartes Genick.

Doch er schüttelte sie ab. „Jetzt nicht, Schatz. Du weißt doch, es geht mir nicht so gut heute."

Sie zog ihre Hände zurück und kauerte sich in die Sofaecke. Der Kloß in ihrem Hals nahm schmerzhafte Ausmaße an.

Werbepause! Ein Segen des privaten Fernsehens.

„Siehst du, Schatz, ich schalte ja schon wieder um", sagte Walter und zielte mit der Fernbedienung.

Mit ordinären Geräuschen bestieg der Hirsch seine grasende Kuh. „Schau mal einer an, wie nett", sagte Walter.

„Walter!!"

Zapp. Der schleimige Außerirdische kroch gerade unbemerkt auf die Rückbank von Special Agent Scullys Dienstwagen.

Und dann: „Ja!", jubelte Viola. Die Blondine war immer noch im Rennen. Sie hatte inzwischen alle Joker verbraucht. Eine Großaufnahme vom Moderator zeigte, dass sich auf seinem süßen Jungengesicht einige Schweißperlen gebildet hatten. Er schaute direkt in die Kamera.

„Sehr verehrte Zuschauer, hier im Studio und zu Hause an den Bildschirmen. Es ist nicht zu fassen: In der Quizpremiere nach der Sommerpause schafft es gleich die erste Kandidatin, diese bezaubernde junge Frau hier, dass ich ihr die *Eine-Million-Euro-Frage* stellen kann. Sind Sie bereit?"

Oh ja, Viola war bereit. Sie hatte schon mit so vielen Menschen in dieser Sendung gefiebert, schon bei den läppischen Anfangsfragen hatte sie all ihre guten Wünsche und all ihre Energie in dieses Quiz investiert. Und diese Frau, diese wunderbar nette, hübsche Frau, auf die jetzt der Spot gerichtet wurde, die lag ihr ganz besonders am Herzen. Sei es nun Seelenverwandtschaft oder eine ganz besondere Art Sympathie, Viola wusste, wenn diese Frau die nächste Frage richtig beantwortete, dann wäre dies auch für sie ein Gewinn. Es ging ja gar nicht um das Geld, es ging ...

Es ging ums Prinzip, jawohl, darum ging es.

„Wie schwer wird der Blauflossenthunfisch?"

Ach du meine Güte, dachte Viola.

„A: 100 Kilogramm, B: 250 Kilogramm, C: 500 Kilogramm, D: 1000 Kilogramm."

Schweigen. Einige Sekunden absolutes Schweigen im Studio. Auch Viola hielt den Atem an. Nur Walter knabberte an einer Salzstange.

„Ich wiederhole die *Eine-Million-Euro-Frage*", sagte der Moderator dramatisch. „Wie schwer wird der Blauflossenthunfisch? A: 100 Kilogramm, B: 250 Kilogramm, C: 500 Kilogramm, D: 1000 Kilogramm?"

Sie zeigten das Gesicht der Kandidatin. Ein Augenlid zuckte nervös, kleine Schweißperlen schwollen an ihrer Oberlippe, sie strich mit der Zunge darüber, doch sie sagte nichts.

Viola schob ihre Schneidezähne unter den Daumennagel und kaute. Nur in Momenten höchster Anspannung erwischte sie sich dabei, dass sie an den Nägeln knabberte. Dies war so ein Moment.

„Wollen Sie aufhören?", fragte der Moderator. Ihm war anzusehen, dass er hoffte, sie würde es tun.

Ja, hör auf, hör auf, flehte Viola.

„Nein, ich will diese Frage beantworten", sagte die Blondine mit erstaunlich fester Stimme.

„Wissen Sie die Antwort?", fragte der Quizmaster ungläubig.

Doch sie zuckte die Schultern. „Nein, ich werde raten. Ich habe keine Ahnung von Fischen und auch keinen Joker mehr, also muss ich raten!"

Die Kamera machte einen Schwenk über das Publikum, man sah fassungslose Gesichter.

„Aber überlegen Sie es sich gut", redete der Moderator beschwörend auf sie ein. „Fünfhunderttausend Euro sind eine mehr als beachtliche Summe, die Sie jetzt sicher in der Tasche haben. Wenn Sie mit der Antwort falsch liegen, dann gehen Sie vollkommen leer aus."

„Ist mir egal. Ich rate!", unterbrach ihn die Kandidatin.

„Das gibt es doch nicht", schrie Viola in den Fernseher.

Walter schreckte hoch. Er musste eingeschlafen sein. Wie konnte der Mann in diesem Augenblick friedlich vor sich hin dösen? Es ging immerhin um Alles oder Nichts.

„Ich sage: Antwort D ist richtig." Das Gesicht der Frau füllte den ganzen Bildschirm.

Dann der Moderator in Großaufnahme. „Was macht Sie da so sicher?"

Wieder ein Schulterzucken. Das konnte doch nicht wahr sein.

„Mein Hund heißt Dagobert, das fängt auch mit D an."

Gequältes Lachen aus dem Publikum. Viola blieb das Lachen im Halse stecken.

„Das hieße dann ja, dass Sie glauben, ein Blauflossenthunfisch könne bis zu 1000 Kilogramm schwer werden? Das bedeutet, Sie halten es für möglich, dass so ein kleiner, süßer Thunfisch, wie wir ihn aus der Dose und auf der Pizza kennen, in komplettem, unzerlegten Zustand eine ganze Tonne auf die Waage gebracht hat. Sie glauben also, dass dieses Tier soviel wiegt wie ein VW-Polo?"

Wieder ein zwanghaftes Geräusch der Belustigung im Studio.

„Eigentlich glaube ich es nicht, aber ich habe gesagt, dass ich rate. Und dann verlasse ich mich auf mein Glück und nehme D wie Dagobert!"

„Wirklich?" Der Moderator hatte sich kaum noch im Griff, man merkte ihm an, dass er kurz davor war, seine Souveränität zu verlieren. So kannte Viola ihn nicht. Es machte sie verrückt.

„D", sagte die Blondine nur.

„Also gut, wenn Sie es nicht anders wollen. Dann löse ich die *Eine-Million-Euro-Frage* jetzt auf."

Schweigen. Blicke. Schweiß. Spannung.

„Die richtige Antwort ist: Der schwerste von Berufsfischern an Lang gezogene Blauflossenthunfisch wog ..."

Zapp! „Es sind noch knapp zwanzig Minuten zu spielen und es steht immer noch zwei zu zwei."

„Walter!!"

Viola schnellte in die Senkrechte. Ihr Mann saß seelenruhig auf dem Sofa, halbe Salzstange im Mund. „Was ist denn, Schatz?"

„Schalt um! Schalt um! *Schalt um!"*

Sie fasste mit beiden Händen nach der Fernbedienung und zog. Er hielt das Ding fest umklammert. „Nun krieg dich mal wieder ein, Schatz."

„Ich will mein Quiz sehen!", schrie sie ihn an, wie sie ihn noch nie in ihrer zwanzigjährigen Ehe angeschrieen hatte.

„Ist doch schon fast zu Ende!", schrie er zurück, und sie bemerkte, dass er nicht mehr Schatz zu ihr sagte, was ein ernstes Zeichen war. Doch das war ihr egal. Es ging ums Ganze. Um Alles oder Nichts. Sie kniff ihm in den Oberarm, ihre langen Fingernägel bohrten sich in sein Fleisch.

„Verdammt noch mal, du tust mir weh!"

„Gib mir die Fernbedienung!"

Er schob das Ding unter seine Gesäßbacke und streckte ihr die Zunge heraus.

Viola beugte sich über seinen Schoß, versuchte, ihn zur Seite zu schieben, doch er war so schwer, so elend schwer, sie bewegte ihn keinen Zentimeter.

„Nun hör aber auf!", brüllte er. Sein Atem ging ein wenig keuchend. Vielleicht konnte sie es doch noch schaffen. Er versuchte, sie von sich herunter zu schieben, da biss sie ihm in den Oberschenkel, tief und aggressiv, so fest sie nur konnte. Walter schrie und rückte zur Seite Und da fühlte sie endlich das glatte, eckige Gerät mit den Köpfen darauf. Schnell brachte sie es in ihre Gewalt, stemmte sich hoch und richtete es auf seine Brust.

„Ich schalte dich aus, du Schwein", sagte sie langsam und voller Hass, während sie fest auf den roten Knopf drückte. Er schaute ihr direkt in die Augen. Erst war sein Gesicht wütend, ängstlich und überrascht. Dann wich dieser Ausdruck einer friedlichen, fast liebevollen Miene, und er entspannte sich unter ihr.

Na also, endlich hatte er verstanden. Sie hatte gewonnen. Er konnte nicht mit ihr machen, was er wollte.

Viola rutschte langsam von seinen Beinen herunter und wandte ihr Gesicht wieder dem Fernseher zu.

Zapp: Eine würdevolle Hirschkuh säugte ein niedliches Bambi.

Das Auto von Special Agent Scully explodierte, und der schleimige Außerirdische wurde in unzählige kleine Stücke zerrissen, die durch das Bild waberte.

Jetzt musste es kommen. Das Quiz. Oh mein Gott, wie gespannt sie war, ob Antwort D die richtige war. „Gewinnen Sie Millionen!"

Werbepause.

Werbepause?

„Oh Mann, Walter. Ich hasse dich. Jetzt habe ich es verpasst. Jetzt muss ich mir morgen früh im Büro von den anderen erzählen lassen, ob die Blondine gewonnen hat oder nicht. Du Mistkerl."

Sie stieß ihn wütend in die Seite.

Er wackelte schlaff hin und her. Wie konnte er nur so gleichgültig sein!

Rasend vor Wut schaltete sie um. „Guck du nur dein beklopptes Fußballspiel zu Ende. Ich gehe jetzt ins Bett."

Sie stand auf. Er kippte um.

Dösig grinsend blieb er liegen.

„Walter?" Keine Antwort.

„Dann hast du dein Programm wenigstens auch nicht bis zu Ende gesehen. Das ist wenigstens fair!"

Viola räumte das Wasserglas und die Salzstangen vom Tisch.

Nix für ungut

Erleichtert stellte Peter Nix fest, dass auch sein Gegenüber auffallend dünn gewordene Haare auf dem Schädel hatte, und die wenigen ebenfalls mehr als nur graumeliert waren. Nun, vielleicht war der Mann im Türrahmen vergleichsweise schlanker um die Hüften, wahrscheinlich weil er sich beim Essen pingelig und miesepetrig anstellte, kein Fett und viel Reis und so ein Kram. Doch das Gesicht wirkte dadurch wesentlich faltiger. Unentschieden, dachte Peter Nix – ich Rettungsring auf der Hüfte, du Rettungsringe unter den Augen – dann streckte er seine Hand zur Begrüßung aus.

„Henning Ungut!"

„Der bin ich! Peter, ich freue mich, dich zu sehen. Ich freue mich sehr!" Er trat in die Diele und stellte den silbernen Hartschalenkoffer auf dem Fliesenboden ab. Nicht ohne erkennbare Neugierde schaute der Gast sich um, blickte die Holzwendeltreppe hinauf und hinab, beugte sich leicht, um einen Blick in die Zimmer zu erhaschen. „Tolles Haus, muss ich neidlos anerkennen. Und der BMW vorm Haus. Deiner?"

Peter nickte.

„Hast es zu etwas gebracht, hmm? Eigene Praxis für Radiologie, alle Achtung! Ein richtiger Herr Dr. Peter Nix! Der Lausejunge aus der Nachbarschaft…"

„Nun hör aber auf!" fiel Peter ins Wort. „Dafür bist du allem Anschein nach noch dasselbe Plappermaul von damals."

Dies war bereits der erste Moment, an dem Peter Nix das Gefühl hatte, es könnte ein Fehler gewesen sein, den alten Schulfreund einzuladen. Das heißt, im Grunde genommen hatte Henning Ungut sich selbst eingeladen. Vor drei Tagen hatte er wie aus heiterem Himmel angerufen und so getan, als seien die gemeinsamen Kindertage in Rechtsupweg erst gestern zu Ende gegangen. Es habe im Hotel „*Reichshof*" irrtümlich eine Doppelbuchung gegeben und nun habe er in Norden keine Unterkunft, wolle aber unbedingt an einem Floristen-Kongress teilnehmen. Ob Peter eine bezahlbare Unterkunft wisse, die nicht zu weit entfernt sei, weil er keinen Führerschein besitze – dumme Geschichte, knapp über 0,5 Promille, und das Gerät habe sich sicher geirrt – in Norden sei schon nichts mehr zu kriegen. Er habe sich bereits die Finger wund telefoniert.

Und da sei ihm der alte Freund aus Kindertagen eingefallen. Der Peter Nix, der damals in derselben Straße gewohnt hatte, dieselbe Klasse besucht hatte, auf demselben Bolzplatz Fußball gespielt hatte. Und mit dem er damals mal auf Blechdosen geschossen hatte und als verdächtige Person zur Polizeistation geladen wurde. Peters Schwester Tanja hätte ihm gegenüber mal erwähnt, dass man mit Frau und Kindern in Norden lebe, glücklich und Alles, mit eigener Praxis für irgendwas Medizinisches. Und da habe er eben gedacht, vielleicht kann der alte Freund ja weiterhelfen, zudem sei es sicher nett, sich mal wieder zu sehen, schließlich sei damals alles irgendwie auseinander gedriftet, als Peter auf das Gymnasium gegangen war und Henning nicht.

Peter hatte ihm zwei, drei Nummern aus der Umgebung genannt und sich sogar eventuell zu einer Verabredung auf ein Glas Bier überreden lassen. Und dann hatte Henning Ungut einen Tag später bei Maren angerufen, Peter war zu der Zeit noch im Institut gewesen, und hatte behauptet, er habe noch immer keine Unterkunft gefunden. Der Kongress sorge anscheinend für eine Überlastung der Norder Hotellerie, und Peter hätte ihm ja für alle Fälle ein Gästezimmer angeboten. Die gute Maren, woher sollte sie wissen, dass Peter in keiner Weise eine Einladung dieser Art ausgesprochen hatte? Sie hatte bereits das Gästebett bezogen und Handtücher bereit gelegt, als er abends nach Hause kam und ihr sagte, dass er diesen Henning Ungut so gut wie gar nicht kenne und nicht wirklich bei sich übernachten lassen wolle. Aber Maren hatte sich keine Telefonnummer aufgeschrieben, also hätte man eh nicht absagen können. Zudem hatte seine Frau das Telefonat mit dem Schulfreund des Mannes sehr amüsant gefunden, und auch Lena und Lasse fanden die Aussichten auf ein paar Lausbubengeschichten über ihren Vater scheinbar recht verlockend. Kurzerhand hatte die Familie ihn überstimmt, und so war es Henning Ungut gelungen, heute mit seinem silbernen Hartschalenkoffer in seine Diele zu gelangen.

Er wollte es sagen, ganz ehrlich und offen heraus, so wie es eigentlich seine Art war. Er wollte den Koffer nehmen, ihn wieder vor die Haustür stellen und sagen: „Es ist eine Unverschämtheit, wie du versucht hast, dich hier einzunisten. Zieh Leine!" Doch noch bevor er den Mund aufmachen konnte, kam Maren die Treppe herauf, lächelnd und freundlich, wie es ihre Art war, ohne Zweifel auch erwartungsvoll.

„Oh, die Hausherrin!" sagte Henning übertrieben höflich und zog wie von Zauberhand einen Blumenstrauß hinter seinem Rücken hervor, den Peter bislang wohl übersehen haben musste. Ihm fiel wieder ein, dass Henning zu diesem Floristen-Kongress angereist war, also hatte er sicher deswegen an dieses Grünzeug gedacht. Zum Glück machte Maren sich nichts aus Schnittblumen, da war sich Peter ziemlich sicher. Sie hatte sich immerhin noch nie beschwert, dass er mit Geschenken dieser Art eher sparsam war. Doch dieses kunterbunte Arrangement aus Tulpen und anderen Gewächsen schien gut bei ihr anzukommen, sie strahlte und wurde sogar ein wenig rot.

„Wollen wir uns duzen? Ich bin Henning!"

„Maren."

Henning legte seinen Mantel ab und hängte ihn, für Peter Geschmack eindeutig zu selbstverständlich, an der Garderobe zwischen die Jacken der Kinder.

„Dankeschön, dass ich hier unterkommen kann. Mir ist das ein wenig peinlich, normalerweise belagere ich nicht die Gästezimmer meiner Freunde." (Wer´s glaubt, wird selig, dachte Peter) „Aber ab morgen ist meine Firma bei einen Floristen-Kongress dabei. Wenn ich nicht mit von der Partie bin, läuft da gar nichts, das kann ich euch sagen!"

„Und warum konnte dir dann die Firma kein Hotelzimmer organisieren?" konnte sich Peter nicht verkneifen. Er kassierte sogleich einen leicht giftigen Blick der Gemahlin.

Doch Henning überhörte scheinbar den Seitenhieb: „Hab ich doch gesagt: Fehler des Hotels. Doppelbelegung. Kann ja mal passieren. Und wer weiß, vielleicht ist es hier ja viel schöner als im *Reichshof*? Wir haben uns sicher eine Menge zu erzählen."

Maren schien bester Laune zu sein. Sie zeigte dem Gast das *Arsenal*, ein kleines Zimmer im mittleren Flur, welches diesen liebevollen Namen seit der Zeit trug, in dem Peter begonnen hatte, alte Waffen zu sammeln. Inzwischen hatte er seine Ausstellung in das obere Stockwerk verlegt, nur noch eine Vitrine mit alten Jagdwaffen stand hier. Ansonsten nutzte man diesen Raum für alles Mögliche und manchmal auch für Gäste. Henning blickte sich um und hatte diesen Ausdruck in den Augen, mit dem erfahrene Weltenbummler ein Hotelzimmer auf Tauglichkeit prüfen. Maren schien nichts davon zu bemerken. Sie strahlte, noch immer die bunten Blumen in der Hand, und rückte das Kissen auf dem Gästebett gerade. „Du kannst dich gern noch frisch machen, Henning, fühl dich wie zu Hause. Und dann lasst uns gleich nach unten ins Esszimmer gehen, ich habe eine Kleinigkeit zum Abendessen gemacht. Am Tisch unterhält man sich viel besser, meint ihr nicht?"

Dann ließen sie Henning allein, und Maren eilte die Treppe hinunter. Als Peter, betont gemütlich, um ihr zu demonstrieren, dass er sich von ihrem Eifer um den Gast nicht anstecken ließ, schließlich im Esszimmer ankam, hatte sie Mühe und Not, den Blumenstrauß auf dem hoffnungslos überfüllten Tisch unterzubringen.

Maren hatte nicht *eine Kleinigkeit* zum Abendessen gemacht, sie hatte gekocht. Und zwar friesisch. Manchmal hatte sie derlei Anwandlungen. Es duftete nach köstlichem Grünkohl, nach ausgelassenen Grieben, Pinkelwurst und Salzkartoffeln.

Maren erkannte die Richtung seines Blickes. „Henning hat mir gesagt, er hat so lange keinen Grünkohl mehr gehabt."

„So, hat er das?" brummte Peter.

„Und da habe ich mir gedacht, koche ich heute mal wieder..."

„So, hast du das?"

„Schließlich hatten wir auch lange keinen Grünkohl…"

„So, hatten wir das?"

„Du bist mal wieder so süß!" Sie kniff ihm in die Backe. Er mochte solche kecken Berührungen nicht.

„Bin ich das?"

Na gut, dachte er sich, dann lächle ich meiner Frau eben mal zu, schließlich kann sie ja nichts dafür, dass ich diesen Kerl, der in unserem *Arsenal* haust, nicht ausstehen kann. Leider kam in diesem Augenblick Henning Ungut ins Zimmer, und fälschlicher Weise traf ihn der zurechtgelegt freundliche Gesichtsausdruck.

„Wunderbar, wie das duftet!" schnabulierte er. Er lobte die Tischdekoration, er lobte das Bier, er lobte das stinknormale Mineralwasser. Als schließlich Lena und Lasse zum Essen kamen, lobte er sogar die Kinder über den grünen Klee, ohne dass die überhaupt irgendetwas von sich gegeben hatten, als Hallo zu sagen und ihre Namen zu nennen. Er lobte einfach alles und jeden, und verdarb Peter schon jetzt den Appetit.

Während des Essens erfuhr die Familie viel aus Henning Unguts Leben, er hechelte die letzten 50 Jahre durch, ließ leider auch nicht die peinlichen Rechtsupweger Jungensgeschichten aus, an denen Peter nicht ganz unbeteiligt gewesen war. Inzwischen war er geschieden, hatte eine Tochter namens Tamara, zu der er nach wie vor ein gutes Verhältnis pflegte, er lebte nicht mehr in Ostfriesland, sondern hatte eine Penthousewohnung in Ingolstadt und war Vertreter einer Sämerei. Überhaupt schienen sich alle am Tisch bestens zu unterhalten, die Schüsseln mit dem mächtigen Nationalgericht leerten sich zusehends. Lena erzählte noch bereitwilliger als sonst Details aus der Schule. Und Lasse schien überhaupt kein Interesse zu haben, wieder an seinen Computer zurückzukehren, sondern riss stattdessen einen Witz nach dem anderen. Maren war fabelhaft wie immer. Und Henning war voll des Lobes.

Nur Peter hatte die schlechteste Laune seines Lebens. Er fühlte sich wie ein Fremder am eigenen Tisch. Als er aufstand, um sich in seinem Zimmer unter dem Dach zu verkriechen, schien niemand Notiz von ihm zu nehmen. Erst eine Dreiviertelstunde später kam Maren und fragte, wo er so lang geblieben sei, ob ihm das Essen nicht geschmeckt habe und den ganzen Kram. Doch sie ließ ihm keine Gelegenheit zur Antwort, sondern plauderte aufgekratzt über irgendwelche längst vergessenen Anekdoten aus seiner Kindheit, die Henning allem Anschein nach als Dessert serviert hatte.

„Ich kann ihn nicht ausstehen", unterbrach Peter sie irgendwann.

„Aber warum? Er ist ein netter Typ. Auch die Kinder mögen ihn."

„Er ist ein Schmarotzer, das war er schon immer."

„Jetzt machst du Witze. Er hat mir Blumen mitgebracht, er hat den Kindern tolle Bücher gekauft. Und dir hat er einen Packen deines Lieblingstabaks auf den Tisch gelegt."

„Er ist trotzdem ein Schmarotzer."

Maren fuhr ihm mit der Hand über den Kopf, tätschelte seinen breiten Scheitel, wie man einen Hund oder einen kleinen Jungen tätschelte. Sie nahm ihn nicht ernst. „Er kam schon früher immer angedackelt, wenn meine Mutter Kuchen gebacken hatte. Manchmal bekam er dann das erste Stück, obwohl ich schon x-mal darum gebettelt hatte. Du kannst dir denken, wie sehr ich ihn gemocht habe..."

„Vielleicht liegt es daran, dass Henning ein wenig charmanter ist als du?"

„Pah!" Wieso sagte seine Frau etwas Derartiges zu ihm? Er war nun mal kein Schleimer, na und? Hatte sich je einer darüber beschwert? Bislang nicht! Und dann kommt so ein Heini daher, verschenkt Blumen, Bücher und Tabak, aber, Moment mal... „Woher weiß er eigentlich, welchen Tabak ich rauche?"

„Ich hab es ihm am Telefon erzählt."

„Und was habt ihr beiden noch so an der Strippe beplaudert? Vielleicht noch, welches Rasierwasser ich bevorzuge?"

Wieder bewegte sich ihre Hand auf seinem Kopf. „Du bist doch nicht etwa eifersüchtig? Keine Angst, er ist nicht mein Typ." Sie lachte ihn ein wenig aus. Er beschloss, heute keinen Schritt mehr vor die Zimmertür zu tun und schaltete den PC an. Maren verstand die Geste und ließ ihn allein. Er bemerkte ihr liebevolles Lächeln, welches sie ihm schenkte, bevor sie die Tür hinter sich schloss.

In den Tagen, in denen Henning Ungut sich zu Hause einquartiert hatte, schaffte Peter eine Menge liegen gebliebenen Kram in der Praxis aufzuarbeiten. Am Dienstag fuhr er sogar verhältnismäßig freudig zur Sitzung in Aurich, Kassenärztliche Vereinigung, normalerweise nicht sein Steckenpferd, aber diesmal diskutierte er lang und ausschweifend und störte sich auch nicht an den endlosen Redeorgien der anderen. Ihm war nur wichtig, möglichst spät Feierabend zu haben. Gott sei Dank ging dieser Floristen-Kongress nur bis Mittwoch, er hatte sich bereits erkundigt. Also wäre morgen wieder alles wie gehabt. Er würde ein wenig eher nach Hause kommen, schließlich hatte er bereits gut vorgearbeitet. Seiner Laune nach zog er heute seine Spendierhosen an und führte die liebe Familie ins „Minna" aus. Peter konnte es kaum erwarten.

Als ihm Maren am Mittwochmorgen dann allerdings die Neuigkeit ans Bett verkündete, dass Henning Ungut an diesem Abend als Abschiedsgeschenk für die ganze Familie kochen wolle, wäre er am liebsten liegen geblieben.

„Er hat schon alles eingekauft, Peter."

„Er hat eingekauft?"

„Na ja, er hat einen Einkaufszettel geschrieben und ich habe die Sachen besorgt. Ich habe den Kassenbon aufgehoben, er gibt mir heute Abend das Geld."

„Wer ´s glaubt!"

„Sei doch nicht so! Henning muss bis fünf Uhr arbeiten, dann kommt er und bereitet für uns ein Überraschungsmenü vor. Japanisch!"

„Ich verstehe nur chinesisch..."

„Und morgen früh fährt er dann los. Okay?"

„Meinetwegen soll er für euch kochen, ich esse nicht mit. Japanisch! Man muss es auch nicht übertreiben. Und danach soll er die Küche vernünftig sauber machen und sich anschließend sofort auf die Heimreise machen. Sofort!"

„Aber dann ist es schon so spät..."

„Sofort, oder ich schlafe heute Nacht in der Praxis!"

Maren sagte kein einziges Wort mehr. Er war sich sicher, dass sein Machtwort gesessen haben musste. Zwar war die Freude auf den Tag nun nicht mehr ganz so prickelnd, doch er wusste, wenn er heute doch wieder ein wenig Überstunden schob und bis acht Uhr fort blieb, standen die Chancen sehr gut, dass es bei seiner Ankunft aussah, als habe es nie diesen nervigen, schmarotzenden Henning Ungut gegeben.

Leider täuschte er sich, wenn auch anders, als er es sich den Tag über in seinen unangenehmsten Vorstellungen ausgemalt hatte.

Peter kam, wie geplant, gegen acht nach Hause. Er erwartete

beißenden Essensgeruch, erwartete eine verschmierte Küche und seine nächsten Angehörigen sich in Magenkrämpfen windend. Doch was er bei seiner Heimkehr sah, hatte er nicht erwartet: Maren, Lena und Lasse saßen vor dem Fernseher, hatten Pizzastücke in der Hand, auf dem Wohnzimmertisch stapelten sich quadratische Kartons.

„Was ist denn hier los?"

Sie drehten den Kopf nach ihm um, doch niemand schaute ihn wirklich an. Eine Antwort erhielt er erst Recht nicht.

„Hallo! Ich bin wieder Zuhause! Euer Familienoberhaupt, euer Vater, euer Ehemann. Derjenige, der hier die Brötchen verdient!"

Sie kauten wortlos auf den belegten Fladen herum.

„Seit wann ist Pizza japanisches Essen?"

Peter schielte in die Küche. Auf der Arbeitsfläche stapelten sich Lauchstangen, Ingwerknollen, Karotten und ähnlich gesundes Zeug. Daneben standen aufgereiht exotische Öle, Gewürzpasten und die blanke Wokpfanne. Auf einem ungeöffneten Plastikbeutel konnte er *Original japanischer Klebereis* entziffern. Die Küche war jungfräulich sauber. Hier hatte niemand gekocht.

Dafür kochte Peter vor Wut. Henning Ungut schien sich aus dem Staub gemacht zu haben, als es an die Arbeit ging. Genau wie damals, wenn sie als Kinder im Garten gespielt hatten und es anschließend ans Aufräumen gegangen war. Da hatte Henning Ungut auch stets seine Beine in die Hand genommen und das Weite gesucht. Manche Menschen ändern sich eben nie. Doch dass dieser Eindringling, der mehr als vier Tage die Gastfreundschaft seiner Familie in Anspruch genommen hatte, nun einen Berg von Frischgemüse und unnützen Kochzutaten sowie eine ausgehungerte Frau und zwei Kinder zurückließ, machte Peter Nix sehr wütend.

Er kehrte ins Wohnzimmer zurück. Lasse trank Mineralwasser aus der Flasche. „Willst du noch ein Stück, Papa? Ich schaffe meine Salami nicht ganz!"

„Danke, ich habe in der Praxis gegessen." Er setzte sich auf die Sessellehne. „Nun aber mal Klartext: Was war los?"

Lena schob die leeren Pizzakartons zusammen. „Er ist gar nicht gekommen!"

„Wie jetzt?"

Maren hatte diesen Gesichtsausdruck, den sie immer hatte, wenn sie anderer Meinung gewesen war und schließlich doch erkennen musste, dass Peter richtig gelegen hatte. „Henning ist gar nicht erst aufgetaucht. Um fünf wollte er spätestens da sein. Wir haben bis sieben gewartet. Und dann hatten wir alle solchen Hunger, dass wir den Pizzaservice angerufen haben."

Lena hatte alle Kartons zu einem kompakten Paket gestapelt und stand auf. „Wir dachten ja, er kommt bestimmt, weil er ja noch seine Sachen hier stehen hat."

„Ja, und?"

„Na ja", sagte Lasse zögerlich. „Und dann haben wir in seinem Zimmer nachgesehen."

„*Seinem* Zimmer?"

„Gut, wir haben im *Arsenal* nachgesehen…"

„Und da hatte der gute Henning Ungut bereits seine Koffer mitgenommen, stimmt ´s?"

Jetzt schaltete sich auch Maren ein. „Stimmt fast. Sein silberner Koffer war noch da. Erst waren wir beruhigt und dachten, vielleicht dauert der Kongress ja länger als erwartet und er schafft es nicht, Bescheid zu geben…"

"Ihr seid echt zu gut für diese Welt!"

„Aber dann hat Lasse den Koffer hochgehoben."

Lasse ergänzte den Satz seiner Mutter. „… und das Ding war leicht. Federleicht!"

„Weil nichts drin war", fügte Lena hinzu.

Sie schauten ihn alle an. Verlegen, fast ein wenig schuldbewusst. Eigentlich hätte Peter nun triumphieren können, schließlich hatte er alle gewarnt, dass der charmante, der ewig bauchpinselnde Henning Ungut nicht ganz koscher war. Doch seine Familie tat ihm viel zu sehr Leid, da stellte sich beim besten Willen keine Genugtuung ein. Nur die Wut auf den Schmarotzer stieg. „Der Koffer war leer…"

„Ja," bestätigte Maren. „Und…"

„Und?"

„Aus der Vitrine fehlt ein Gewehr. Diese Nussbaum-Büchse, die wir dir zum 50. Geburtstag geschenkt haben. "

„ Die *Tryon Maple Perkussion Kaliber 45* ?"

Maren nickte.

Die Wut steigerte sich innerhalb von Sekunden zu einem unheilvollen Gemisch aus Zorn, Schrecken und dem unbedingten Willen, diesem Henning Ungut ganz gehörig zu verprügeln. Peter Nix war kein aggressiver Mensch, viele sagten, er sei die personifizierte Ruhe und Ausgeglichenheit. Doch in diesem Moment tauchten vor seinem inneren Auge Bilder auf, was er alles mit diesem Typen anstellen würde, der sich so frech eingenistet hatte und dann, oh nein, Peter mochte nicht daran denken, und dann ausgerechnet seine wertvollste Waffe hat mitgehen lassen.

Peter ließ sich von der Sofalehne auf das Sitzpolster sinken. Seine Familie starrte ihn an, teils geknickt, teils auffordernd. Er wusste, sie erwarteten von ihm, dass er etwas unternahm. Sie mochten ihm ja ab und zu auf der Nase herumtanzen, doch in Krisenfällen war er stets das Familienoberhaupt geblieben.

„Sag doch was!" forderte Maren kleinlaut.

Peter griff sich das Telefon. „Sucht mir mal die Nummer von diesem Kongresszentrum raus."

Lena blätterte sofort hektisch im Telefonbuch und nannte ihm die Durchwahl.

Es dauerte lang, bis am anderen Ende jemand den Hörer abnahm. Es war inzwischen halb neun, wahrscheinlich hatte er lediglich eine Art Nachtwächter an der Strippe.

„Nix hier."

„Wer oder was ist Nix hier?"

„Peter Nix hier. Ich habe eine Frage bezüglich des Floristenkongresses."

„Der ist aber schon vorbei. Hier ist keiner mehr."

„Aber…" setzte Peter Nix an, doch dann entschuldigte er sich für die späte Störung, wünschte knapp einen guten Abend und legte auf.

„Reichshof!" sagte er.

„Was?", fragte Lena, denn er hatte sie auffordernd angeschaut.

„Such mir bitte die Nummer vom Hotel raus."

Wieder blätterte sie flink. „ 1750."

Er tippte eilig.

Eine Frauenstimme meldete sich: „Hotel Reichshof in Norden, guten Abend!"

„Ja, hallo, guten Abend. Hier spricht Peter Nix. Hören Sie, ich habe eine Bitte. Ich brauche die Adresse von einem Bekannten. Er hatte bei Ihnen ein Zimmer gebucht, aber weil Sie bereits alles vergeben hatten, ist er bei uns untergekommen. Nun hat er seinen Koffer bei uns vergessen und wir wissen nicht, wo und wie wir ihn erreichen können."

„Wann soll denn das gewesen sein, Herr Nix?"

„Na ja, dieses Wochenende. Der Floristenkongress…"

„Entschuldigen Sie, aber da müssen Sie sich irren."

Peter schluckte. Irgendwie ahnte er, was nun kommen würde.

Die Frau am Telefon schien in einem Buch zu blättern. „Kein Zweifel, ich habe den Belegungsplan vor mir liegen. Wir hatten am vergangenen Wochenende noch drei Zimmer frei."

„Vielen Dank." Er legte auf. Drei Augenpaare musterten ihn erwartungsvoll. Viel Luft blieb Peter Nix nicht übrig für die nächsten Worte: „Henning Ungut hat uns verarscht!" "Papa!" riefen Lena und Lasse erstaunt. Normalerweise drückte Peter sich anders aus, insbesondere wenn seine Kinder zugegen waren. Aber in diesem Moment gab es einfach kein Wort, welches treffender beschrieben hätte, was der Schmarotzer mit ihm und seiner Familie gemacht hatte. Er hatte sie alle verarscht.

Und er hatte eine Waffe mitgenommen. Eine schussbereite Waffe. Peter mochte sich lieber nicht ausmalen, was Henning Ungut damit vorhatte. Wahrscheinlich verkaufen, es konnte kein Zufall sein, dass er sich ausgerechnet das wertvollste Exponat angeeignet hatte. Eine historische Jägerbüchse, ein wunderschönes Teil mit aushakbarem Achtkantlauf und sechs Zügen. Alle seine Freunde und Verwandten hatten an seinem 50sten Geburtstag im Februar zusammengelegt und ihm dieses edle Jagdgewehr, welches schon Jahre ganz oben auf seinem Wunschzettel gestanden hatte, gekauft. Aber wenn es Henning darum gegangen war, ein paar tausend Euro auf dem Hehlermarkt zu kassieren, warum hatte er nicht gleich alle Waffen mitgehen lassen? Wer es schaffte, unauffällig ein 1,24 Meter langes und 4,4 Kilo schweres Teil zu entwenden, der konnte sich doch eigentlich gleich alle anderen schnappen, dann lohnte sich die ganze Sache wenigstens. Eigentlich sah es eher danach aus, dass er die *Tryon Maple* mitgenommen hatte, weil er sie benutzen wollte.

111

Vielleicht war er Sportschütze und wollte einmal im Leben bei einem solchen Schmuckstück den Finger am Abzug haben. Oder brauchte der die Waffe für einen Überfall? Eine geplante Gewalttat? Vielleicht war Henning Ungut auch selbstmordgefährdet? Zuzutrauen war ihm alles.

Peter Nix schluckte einige Verwünschungen unausgesprochen herunter, stand wieder vom Sofa auf und strengte sich an, eine entschlossene und zu allem bereite Erscheinung abzugeben. „Ich werde den Burschen schon finden. Ich habe die letzten Tage ohnehin ein paar Stunden vorgearbeitet. Also nehme ich mir morgen frei. Und mit der Suche beginne ich jetzt gleich!"

Ein tolles Gefühl, bei allem Schlamassel, in dem sie nun steckten, es war ein tolles Gefühl, sich so voller Tatendrang einem Problem zu stellen.

„Du solltest die Polizei verständigen", meinte Maren jedoch so trocken und so voller Realismus, dass Peter´ kurzer Anflug von Heldentum und Abenteuerlust jäh gebremst wurde. Sie hatte Recht. Er sollte der Polizei von der Sache berichten. Schließlich ging es um seine Waffe, die aus seinem Haus entwendet wurde. Es oblag seiner Verantwortung, dass damit nichts Schlimmes geschah.

„Ich werde gleich eine Meldung machen. Doch vorerst werde ich meine Schwester anrufen. Henning Ungut hatte mit ihr gesprochen, dadurch hat er erfahren, wo ich inzwischen lebe. Ich würde nur zu gern wissen, aus welchem Grund er hierher gekommen ist. Der Floristenkongress war es wohl kaum. Er ist wegen etwas anderem nach Norden und in unser Haus gekommen."

Er wählte die Nummer von Tanja. Er hatte sich schon länger nicht mehr bei ihr gemeldet. Genau genommen, seit der Party zu seinem 50-sten Geburtstag.

„Bruderherz? Na, dass ist ja mal eine seltene Ehre, dass du bei mir anrufst. Was gibt es?"

„Kennst du noch den Henning Ungut? Der früher ein paar Häuser weiter gewohnt hat. Ich bin mit ihm zur Grundschule gegangen."

„Ja, ich weiß, wen du meinst."

„Hat er sich neulich mit dir unterhalten? Hast du ihm erzählt, wo ich jetzt wohne und so?"

„Wohl kaum!"

Dies war eine seltsam knappe Antwort von Tanja. Er wusste gar nicht, was er erwidern sollte. Also schwieg er kurz, bis seine Schwester weiter sprach: „Henning Ungut ist doch damals ums Leben gekommen. Mit fünfzehn. Weißt du das nicht mehr?"

„Wie bitte? Bist du dir sicher?" Maren, Lena und Lasse rückten näher an ihn heran und versuchten, das Telefonat mitzubekommen.

„Natürlich bin ich mir sicher. Es war ein Jagdunfall. Er hatte im Wald gespielt und wurde versehentlich von einem Jäger erschossen."

„Mit einem... Gewehr?"

„Das nehme ich doch mal an. Sie konnten damals nicht so genau feststellen, wie die Sache genau passiert ist, weil die Jäger an diesem Tag ihre Waffen getauscht hatten. Diese Flinte, die hinterher als Tatwaffe identifiziert wurde, war irgendein besonderes Teil und jeder wollte einmal damit schießen. Es hatte niemand mitbekommen, dass der Henning getroffen worden war. Und als sie den Jungen fanden, wussten sie beim besten Willen nicht, wer die tödliche Kugel abgegeben hatte."

Wieder schwieg Peter.

„Aber warum kannst du dich nicht daran erinnern? Du kannst dir doch vorstellen, was für einen Tumult es deswegen in unserem kleinen Dorf gegeben hat."

„Ich war damals schon auf dem Gymnasium. Da war ich nur noch selten zu Hause."

„Aber du musst dich noch an diesen Tag erinnern. Es war ein Sonntag. Da hattest du schulfrei. Und Mama war ganz außer sich, weil du an diesem Tag auch im Wald herumgeschlichen bist, und es auch dich hätte erwischen können. Weißt du es nicht mehr?"

„Beim besten Willen nicht!"

„Die Familie Ungut ist damals aus Rechtsupweg weggezogen. Wegen der Sache mit Henning. Sie wollten nicht jeden Tag daran erinnert werden, sagten sie. Und wenn sie nicht wüssten, wer der Mörder ihres Sohnes sei, und sie ihm vielleicht jeden Tag auf der Straße begegneten, vielleicht sogar bei ihm einkauften oder mit ihm in einem Verein wären, das könnten sie nicht ertragen. Verständlich, finde ich. Aber Peter, sag mal, warum fragst du eigentlich danach?"

Was sollte er seiner Schwester sagen? Dass ein gewisser, vor fünf-unddreißig Jahren versehentlich erschossener Henning Ungut die letzten vier Tage in seinem *Arsenal* gewohnt hatte und nun mit seinem Lieblingsgewehr verschwunden ist? „Ich dachte gerade eben an den Kuchen unserer Mutter, und dass der Henning immer zum Schnorren vorbei gekommen ist."

„Du dachtest an Mutters Kuchen? Und hast deswegen angerufen? Peter!"

"Ich soll dich auch von Maren und den Kindern grüßen. Und wie geht es bei euch?" Peter versuchte, das Thema zu wechseln und das Gespräch möglichst unauffällig und zügig zu Ende zu bringen.

„Du, tut mir Leid, ich glaube, wir müssen Schluss machen. Ich melde mich bald mal wieder…"

„Ist gut", sagte Tanja.

Peter legte auf. Vielleicht wäre es besser, heute keine Telefonate zu führen. Die letzten drei Anrufe hatten ihm Dinge mitgeteilt, die er lieber nicht gewusst hätte. Er wünschte sich sogar, alles wäre so gekommen, wie es heute Morgen noch ausgesehen hatte. Henning Ungut hätte eine dreckige Küche hinterlassen, hätte vielleicht auch noch bei seinen Lieben eine Magenverstimmung ausgelöst oder vielleicht doch noch eine Nacht länger im Hause Nix verbracht. Denn dies wäre besser gewesen, als die Geschichte, die sich so Stück für Stück vor seinen Augen zusammensetzte, nachdem er telefoniert hatte. Das Allerschlimmste aber war, dass er mit einem Mal begann, sich zu erinnern. An einen Tag in Rhauderfehn. Einen Tag, an dem er im Wald spazieren gewesen war. Es war ein Sonntag gewesen.

Er erinnerte sich mit einem Mal so glasklar, als wäre in den vergangenen Jahrzehnten diese Geschichte wie luftdicht verpackt in seinem Unterbewusstsein aufgehoben worden, nur um sich heute taufrisch und ohne Lücken vor ihm auszubreiten, als wäre sie erst gestern geschehen.

„Sollen wir jetzt die Polizei rufen?" fragte Lasse.

Peter Nix schüttelte den Kopf. „Auf keinen Fall."

- Rhauderfehn Herbst 1970 -

Im Wald sind die Jäger. Ab und zu hört Peter die heiseren Schüsse und deren Widerhall von den Hügeln her. Er interessiert sich für Waffen.

Mit seinem Kumpel knallt er heimlich auf Blechbüchsen

Er versteckt sich hinter einem Strauch. Wenn seine Mutter mitbekäme, dass er heute, am Sonntag, durch den Wald pirschte, sie würde sehr böse werden. Seine Beine waren von Beerensträuchern zerkratzt. Was sollte er sagen, woher die feinen Streifen auf seiner Haut stammten? Von der dicken Nachbarskatze? Mutter würde ihn sicher skeptisch anschauen. Tanja würde laut vermuten, dass er im Wald gewesen war. Aber er liebt das Abenteuer zu sehr, als das er sich wegen der Aussicht auf einen Riesenärger an das Verbot halten würde.

Die Jäger kommen näher. Er hört die Dackel und Terrier kläffen. Zwei Männer verständigen sich mit knappen Rufen. Ihm kann nichts passieren. Er sitzt im Gebüsch und hält den Atem an. Warum sollen sie in seine Richtung schießen? Dort sind nur geübte Jäger mit scharfem, geschultem Blick. Er lugt durch die Äste zur Lichtung hinüber. Dort bewegt sich etwas. Olivgrünes Oberteil, aber zu klein und zu schlaksig, um einer von der Jägerschaft zu sein. Gehölz knackt unter den Schritten der Gestalt. Wer immer dort herumläuft, war anscheinend auch unerlaubter Weise im Wald. Und stellt sich ziemlich ungeschickt an, bemerkt Peter. Dann dreht sich die Person um. Peter erkennt Henning Ungut. Den Schleimer und Kuchenschnorrer. Peter duckt sich. Dummerweise zu spät, Henning Ungut hat ihn bemerkt. „Hey!", sagt der. „Was machst du hier? Ich wette, das ist verboten!" "Du bist doch selbst unerlaubt unterwegs." Peter ärgert sich. Henning ist im Stimmbruch und macht sich keine Mühe, leise zu flüstern. Gleich würde man sie entdecken. „Psst!"

Henning stellt sich aufrecht hin. Lediglich der Busch ist zwischen ihnen. „Ich gehöre zur Jägerschaft. Mein Vater hat mich mitgenommen."

„Erzähl keinen Quatsch und duck dich lieber!" Peter weiß, dass die Jäger keine Jugendlichen mitnehmen. Henning ist bekannt dafür, nicht immer die Wahrheit von sich zu geben.

„Ich werde bald schon meinen Schein machen. Und dann habe ich eine eigene Knarre!"

„Solche Trottel wie dich nehmen sie nie und nimmer!"

„Du hältst dich wohl für etwas Bessere, hmm? Seit du aufs

Gymnasium gehst, trägst du die Nase ohnehin sonst wo da oben. Eingebildeter Fatzke!"

Peter hat keine Lust, sich mit Henning zu streiten. Gut, er ist früher mal einer seiner besten Freunde gewesen. Sie haben zusammen ein paar wilde Dinger gedreht. Nicht nur einmal hatten sie zusammen rumgeballert. Mit der Zwille, mit selbstgebautem Pfeil und Bogen, mit Luftgewehren. Aber jetzt ist es anders, sie sind viel zu unterschiedlich. Henning Ungut geht ihm auf die Nerven.

Die Schüsse klingen lauter.

„Lass und gehen, die sind gleich hier!", schlägt Peter vor. Doch Henning bleibt stehen und grinst. Er hat ein paar Haare über der Lippe und einen enormen Adamsapfel. Ohne Zweifel ist Henning Ungut der männlichere von beiden. Vielleicht nicht der Stärkere. Aber er sieht schon aus wie siebzehn, während Peter manchmal blöderweise noch auf dreizehn geschätzt wird.

„Du Schisser! Angsthasen werden abgeknallt", sagt Henning und wackelt mit der Hüfte.

Wieder knallt es direkt in ihrer Nähe. Peter hat das Gefühl, den Luftzug des Geschosses zu spüren. Vielleicht ist es auch nur die Angst, denkt er. Und das will er sich nicht anmerken lassen. Dass er Schiss hat. Also steht er auch auf.

Henning ist einen halben Kopf größer. „Ich mag dich nicht. Du bist ein arroganter Kerl!"

Peter will etwas sagen, er hat schon Luft geholt, da fällt wieder ein Schuss, diesmal fühlt er wirklich einen Hauch. Henning grinst noch immer, doch es sieht anders aus. Hennings Hals wird rot und nass. Seine Beine knicken ein. Er fällt nach vorn und sein Gesicht landet schutzlos in den Ästen. Ein dünner Zweig piekt direkt in eines der starr geöffneten Augen. Der Strauch hält Henning fest. Es sieht aus, als würde er sich dagegen lehnen.

Peter hat noch immer die Luft in sich, die er eigentlich dazu nutzen wollte, Henning Ungut wüste Beschimpfungen an den Kopf zu werfen. Er kann nicht ausatmen. Sein Brustkorb ist voll, seine Schultern angehoben. Er starrt auf den toten Jungen im Geäst. Es gibt keine Möglichkeit, wegzusehen. Henning Ungut ist tot und Peter Nix überlegt, ob er selbst vielleicht auch nicht mehr am Leben war, weil ja nichts mehr funktionierte, weder die Lungen noch die Muskulatur, die es ihm ermöglichen würde, fortzulaufen. Aber er ist nicht tot. Langsam wird es ihm klar. Er wäre tot gewesen. Hätte Henning nicht da gestanden.

Dann rennt er weg. Ganz von selbst bewegen sich jetzt seine Beine. Er kann noch rennen. Schneller als sonst. Schneller als jemals zuvor. Und noch während er rennt, beginnt er, das Ganze zu vergessen. Er lässt es im Wald zurück. Er lässt es in Rechtsupweg zurück.

Er macht sein Abitur in Norden, er studiert Medizin in Hannover, er heiratet, er bekommt zwei Kinder, er hat eine eigene Praxis und ein Haus, das nicht in Rechtsupweg steht. Er hat einen Waffentick. Er streicht bei Computerspielen durch virtuelle Wälder. Und er kann sich nicht erinnern. Nicht erinnern.

Wenn es nicht Henning Ungut war, wer war es dann? Es konnte kein Zufall sein, dass dieser Besucher sich als Henning Ungut ausgab und dann ein Gewehr mitgehen ließ.

Es musste sich um jemanden handeln, der Henning Ungut ähnlich sah, und der wusste, was damals im Wald geschehen war.

Peter drückte die Wahlwiederholung.

Seine Schwester meldete sich. „Als du sagtest, du würdest dich bald wieder melden, hatte ich nicht damit gerechnet, dass du von einer halben Stunde redest."

"Hatte Henning Ungut eigentlich einen Bruder?"

„Was willst du nun schon wieder? Hat der dir damals etwa auch den Kuchen vor der Nase weggeschnappt?"

„Hatte er einen Bruder?" wiederholte Peter eindringlich.

„Aber ja. Der kleine Markus. Der war wie ein Schatten. Folgte seinem großen Bruder überall hin. Markus Ungut, er hat doch damals seinen Bruder im Wald gefunden. Ich kann mir nicht erklären, warum du nichts mehr davon weißt!"

"Danke!"

Das Gefühl war ähnlich wie damals im Wald. Peter hielt das Telefon in der Hand und bewegte sich nicht. Er hatte seine Familie fast vergessen, er konnte den erschrockenen Gesichtsausdruck seiner Frau nur schemenhaft erkennen. Ihre Worte drangen kaum zu ihm durch. "Was ist los, Peter?" oder so etwas Ähnliches fragte sie immer und immer wieder. Auch Lena und Lasse sprachen ihn an, tippten ihm auf die Schulter, versuchten, seinen Blick einzufangen.

„Wir müssen nach Rechtsupweg!" brachte er endlich über die Lippen.

„Wie bitte?" fragte Maren. Sicher verstand sie nicht, warum er ausgerechnet jetzt dorthin wollte. Woher sollte sie auch wissen…

„Es ist halb zehn. Warum sollten wir jetzt dort hin fahren?"

„Weil ich glaube, dass dort ein Unglück geschehen wird."

„Wegen Henning Ungut? Aber…"

„Er hat mein Gewehr. Es ist ein besonderes Gewehr. Ich habe es mir nicht zufällig so dringend von euch zum Geburtstag gewünscht. Diese Waffe hat etwas mit mir zu tun. Aber ich habe es bis gerade eben nicht gewusst. Ich hatte es vergessen."

„Du vergisst doch nie etwas" versuchte Maren zu scherzen. Wahrscheinlich spürte sie, dass etwas mit ihm nicht stimmte, sicher spürte sie das. Und nun versuchte sie ihn mit ihren ironischen Bemerkungen aufzufangen, zurückzuholen, was auch immer.

„Dieses Gewehr hätte mich einmal beinahe umgebracht", sagte er schlicht. Dann holte er seinen Autoschlüssel und drückte ihn Maren in die Hand. „Wir nehmen meinen Wagen und du fährst." Sie schaute ihn erstaunt, nein, beinahe schockiert an. „Unterwegs erkläre ich euch alles."

– Rechtsupweg Herbst 2005 –

Je mehr er während der Fahrt erzählte, desto schneller fuhr Maren. Sie war normalerweise eine vorsichtige und manchmal übertrieben verkehrsregeltreue Fahrerin. Doch nun bretterte sie über die Landstraßen. In einiger Entfernung konnte man bereits den wuchtigen Kirchturm seines Heimatdorfes erkennen.

„Und warum holen wir nicht die Polizei?"

„Weil es eine Sache zwischen ihm und mir ist!"

„Wie in einem unserer Western, oder was?" versuchte Lasse sich mit einem Scherz.

Die Kinder saßen hinten. „Papa weißt du noch genau, wo das gewesen ist?" fragte Lena.

Er nickte. „Aber ihr bleibt im Wagen. Verstanden?"

„Kommt gar nicht in Frage!" sagte Lasse heldenhaft, doch er kassierte einen Blick vom Beifahrersitz und maulte. „Ist schon okay!"

Peter versuchte, sich in der Dunkelheit des Frühherbstes zurückzufinden und fixierte die verschiedenen Waldwege, die von der Straße abgingen. Wie lange war er nicht mehr hier gewesen?

„Da!" rief er aufgeregt und wies auf eine holperige Straße, die weder beleuchtet noch gepflastert war. Maren bog mit quietschenden Reifen ab und drosselte die Fahrt in keiner Weise, obwohl die Schlaglöcher das Auto traktierten. Er bewunderte seine Frau dafür. Er selbst hätte sich nicht getraut, in diesem Tempo durch den stockfinsteren Wald zu preschen, doch es war gut, dass sie Nerven bewies. Jede Sekunde zählte. Jede Sekunde. Obwohl Peter noch immer nicht genau zu sagen vermochte, was überhaupt passieren würde in den nächsten Momenten. Er wusste nur, dass er sich beeilen musste. Und das es um Leben oder Tod ging.

So wie damals. Wo nur einer am Leben bleiben konnte. Peter für Henning. Nix für Ungut.

Er ahnte, dass dieses unglückselige Geburtstagsgeschenk Markus Ungut auf seine Fährte gebracht haben musste. Diese Flinte, das wunderschöne Unikat, aus dem damals mit unbekannter Hand gefeuert wurde, es war für dreißig Jahre als Beweisstück archiviert gewesen und erst jetzt zur Versteigerung freigegeben worden. Peter hatte in einem Fachblatt darüber gelesen und war von der Waffe fasziniert gewesen. Im Unterbewusststein hatte gewiss die alte Geschichte eine Rolle gespielt, die er doch eigentlich so erfolgreich verdrängt hatte. Jedenfalls hatte er Maren gezielt davon vorgeschwärmt, über Monate hinweg, hatte sogar angeboten, sich sein Geburtstagsgeschenk selbst zu kaufen, damit ja nichts schief ging. Und dann hatte Maren über einen Bekannten den Zuschlag erhalten und die *Tryon Maple* ersteigert. Natürlich war Peter darüber informiert gewesen, ihm war auf der Geburtstagsfeier aber dennoch ein überraschtes Gesicht gelungen. Und gefreut hatte er sich wirklich. Das glatte Nussholz, die detaillierten Verzierungen, der geschmeidige Lauf.

Doch nun sah alles danach aus, als habe diese Waffe, die schon damals zu einer Katastrophe geführt hatte, nun wieder Unheil gebracht hatte. Sicher hatte Markus Ungut sich auch dafür interessiert, was mit dem Gewehr geschehen würde, mit dem sein großer Bruder getötet worden war.

Peter erinnerte sich nur schwach an den blassen, kleinen Bruder, der ständig in Henning Unguts Nähe gestanden hatte. Er musste drei Jahre jünger gewesen sein. Ein Nasenbohrer war er gewesen, dass wusste Peter noch, und dass sie oft genervt waren von seiner Anhänglichkeit. Er hatte sie auf Schritt und Tritt begleitet.

Auf Schritt und Tritt? Dann war er auch damals im Wald in der Nähe gewesen. Dann hatte er vielleicht gesehen, wie es passiert war. Aber wenn, dann hatte er nie davon erzählt. Oder hatte er es ebenso verdrängt, wie Peter es getan hatte?

Vielleicht würde Peter es nie herausfinden. Doch das war auch nicht wesentlich. Peter war kein intuitiver Mensch, wirklich nicht, doch in diesem Moment war er sich sicher, dass er Markus Ungut dort in der Nähe der Lichtung finden würde.

„Halt" rief Peter und Maren stoppte so abrupt, dass sie alle in ihre Gurte gepresst wurden. „Schalt mal das Licht aus!"

„Bist du wahnsinnig, Papa?" sagte Lasse, auf einmal gar nicht mehr heldenhaft.

„Dann sehen wir nichts mehr."

„Schalt das Licht aus!" wiederholte Peter und Maren tat, was er gesagt hatte.

In der Dunkelheit konnte er sich besser zu Recht finden. Einige Sekunden später erkannten seine Augen einige Umrisse in der Tiefe des Waldes. Der Hochsitz zur Rechten, kein Zweifel, und dann war es nicht mehr weit. Schon als Junge hatte er sich stets an diesem Hochsitz orientiert. „Hier ist es!"

Maren drehte den Zündschlüssel um. „Und jetzt?"

„Ich gehe allein!"

„Aber du hast nichts dabei. Jetzt hast du schon die Schränke voller Gewehre, und dann marschierst du mit leeren Händen in den Kampf."

Sie hatte Angst um ihn. Er spürte auch die Hand seiner Tochter auf der Schulter liegen und ahnte, dass Lasse ebenfalls lieber kehrt gemacht hätte.

„Ich muss das tun!" sagte er und stieg aus dem Wagen.

„Wenn du in zehn Minuten nicht hier bist, rufe ich die Polizei!"

„Gib mir zwanzig Minuten. Ich muss noch ein kleinen Stück laufen."

Der Weg war hart und trocken, doch sobald er in den Wald ging, sackte er mit seinen guten Schuhen einige Zentimeter tief in den weichen Untergrund. Er ging weiter. Am Hochsitz knapp fünfzig Meter weiter geradeaus. Und dann rechts. Da war er sich sicher. Auch wenn er nie wieder dort gewesen war. Die Füße machten schmatzende Geräusche, nur ab und zu trat er auf einen Ast, dann knackte es unter seinen Sohlen.

Je tiefer er in den Wald ging, desto mehr nutzte ihm der helle Mond, der weißes Licht an einigen Stellen durch die Bäume schickte. Er schaute beim Gehen nach oben. Bis er sah, dass sich die Kronen der Tannen lichteten und er wusste, dass hier die Stelle sein musste. Er lehnte sich an einen Baum und versuchte mit zusammengekniffenen Augen etwas zu erkennen. Die Lichtung. Wenige Meter weiter war der Busch gewesen. Nun war dort eine freie Stelle. Wahrscheinlich hatten sie das wilde Gewächs damals entfernt. Ein toter Baumstumpf lag im schalen Licht. Er ging die wenigen Schritte und setzte sich vorn übergebeugt auf die flache Holzscheibe, die Hände im Schoß gefaltet. Es war still. Er hatte Käuzchenrufe erwartet, Baumächzen oder Rascheln im Unterholz. Doch es war einfach nur still.

„Warum bist du zu uns gekommen, Markus?" fragte Peter in den Wald. „Warum hast du dich in unser Haus geschlichen, dich an unseren Tisch gesetzt?"

Die Stille war so undurchdringlich wie die Nacht. Luftleer und grenzenlos.

„Du hast es wirklich nicht mehr gewusst", sagte Markus Ungut und Peter erschrak, obwohl er auf eine Antwort vorbereitet gewesen war. Doch die Stimme war direkt hinter ihm. Henning Unguts Bruder stand ihm im Rücken. Und er hatte die *Tryon Maple*.

„Du hast die Sache damals wirklich verdrängt. Und ich habe all die Jahre gedacht, du seiest eine feige Sau, weil du niemandem erzählt hast, dass du meinem Bruder beim Sterben in die Augen gesehen hast. Und als du dir diese beschissene Knarre hast kaufen lassen, da habe ich dich für den kältesten Hund gehalten. Also habe ich dich angerufen, habe mich Henning genannt, um dich zu schockieren."

„Aber ich habe überhaupt nicht reagiert", sagte Peter. Sein Nacken fühlte sich unangenehm kalt an, so, als wehe ihm Zugluft ins Genick. Doch wahrscheinlich spielten ihm seine Nerven einen Streich. Er blieb regungslos sitzen.

„Das hat mich gewundert. Ich habe gesagt, hier ist Henning Ungut, erinnerst du dich? Und du hast einen kurzen Moment überlegt und dann gesagt, ja, du würdest dich erinnern, Rechtsupweg und so weiter, die Sache mit dem Büchsenschießen, hast gelacht und mich gefragt, wie es mir ginge. Da kapierte ich erst, dass du ebenso 'ne Macke weghattest wie ich wegen der Sache damals. Und dass du wirklich nichts mehr weißt. Und da habe ich gedacht, komme ich vorbei, besuche ich dich mal, schaue ich mir an, was aus dem Freund meines Bruders geworden ist. Und die Waffe wollte ich sehen."

„Aber warum hast du nicht gesagt, wer du wirklich bist. Warum das Theater, so zu tun, als seiest du Henning?"

„Habe ich doch eben schon am Rande erwähnt. Ich hab 'ne Macke weg seit dem Tag. Ich mache komische Dinge, die andere Menschen nicht verstehen. Und ich wollte gern Henning sein, der noch lebt und seinen Kumpel und dessen Familie besucht. Ich wollte mich interessant machen. Hat ja auch geklappt."

Peter dachte an seine Familie, an Maren und die Kinder, die so gern in Gesellschaft dieses Mannes hier gewesen waren. Und er war geflüchtet. Im Nachhinein war ihm natürlich klar, warum er sich mit Händen und Füßen gegen diesen Besucher gewehrt hatte. „Sie mochten dich, Markus. Und dann bist du einfach abgehauen und hast die Flinte mitgenommen. Warum?"

„Soll ich es dir sagen?"

„Ich frage dich danach."

„Vielleicht gefällt es dir nicht, was ich sage. Manche Sachen tun weh, selbst wenn man sich das die ganze Zeit schon so gedacht hat, dass es unangenehm werden könnte, aber wenn es dann ausgesprochen wird, tut es weh!"

"Sag es mir einfach."

„Ich war ja damals mit im Wald. Ich stand da hinten, am anderen Ende der Lichtung. Henning hat mir erzählt, dass er bald Jäger wäre und wenn ich mit in den Wald käme, würde ich auch in ein paar Jahren dazugehören. Ich habe ihm das nicht geglaubt. Wir haben eigentlich nur so da rum gesessen. Bis er dich da hinter dem Busch gesehen hat. Er hat sich so gefreut. Weil du ja damals nur noch ganz selten im Dorf warst. Und er hat dich so bewundert. Er hat gesagt: *Dahinten sitzt mein Freund Peter. Der ist klasse, der Peter. Ich gehe mal rüber. Er ist mein bester Freund und wird es auch für immer bleiben. Bleib wo du bist, Markus, ich gehe eben mal zu meinem besten Freund.*"

Peter schluckte. Markus hatte Recht gehabt. Es tat weh.

„Ich habe gesagt, dass er bei mir bleiben soll, weil die Schüsse immer näher kamen. Aber er wollte unbedingt mit dir sprechen. Ich glaube, er wollte dir imponieren. Und dann hat er sich ja vor dich gestellt. Ich habe nicht gehört, was ihr gesagt habt. Aber als der Schuss fiel, habe ich gleich kapiert, dass mein Bruder tot ist."

Peter fuhr sich mit der Hand in den Nacken. Ihm war schrecklich kalt. Seine Füße waren nass geworden vom Gang durch den matschigen Boden. Er zitterte.

„Du weißt schon, wenn der Henning damals nicht zu dir rüber gelaufen wäre, dann hätte die Kugel dich erwischt. Das weißt du schon, oder? Er hat sein Leben für dich gegeben. Und dann wollte ich einfach mal sehen, ob es sich auch gelohnt hat. Ob du auch was Vernünftiges angefangen hast mit diesem geschenkten Leben."

„Und, habe ich es?" Vielleicht zitterte er nicht nur vor Kälte. Vielleicht war es auch Angst. „Habe ich in deinen Augen was Vernünftiges zustande gebracht?"

Es kam lang keine Antwort. Sehr lang nicht. Besonders mit der Dunkelheit und einem unzurechnungsfähigen Waffenträger im Nacken ziehen sich solche Momente in die Ewigkeit. Es war wie ein Urteil. Vielleicht ein Schuldspruch. Vielleicht auch nicht.

Dann hörte Peter die Rufe. „Papa" schallte es durch den Wald. „Peter? Wo bist du, Peter?"

Warum waren sie ihm gefolgt? Sie waren in Gefahr, verdammt noch mal. Wie sollte er sie beschützen, wenn dieser Mann hinter ihm auf einmal wieder etwas tat, was – wie sagte er noch gerade eben – was für normale Menschen nicht zu verstehen war? Was, wenn er schoss?

„Sie suchen dich!" sagte die Stimme.

Peter hätte sich am liebsten die Ohren zugehalten. Das Rufen seiner Kinder, die Fragen seiner Frau. Und die Stimme hinter ihm. Es war nicht zu ertragen.

„Sie suchen dich, Peter. Weißt du, was das bedeutet?"

Nein, keine Ahnung, du durchgeknallter Psychopath, dachte Peter. Doch er schwieg.

„Das heißt, dass sie dich lieben. Mann, hast du ein Glück!"

„Ein Glück?"

„Ach, du hast mich gefragt, ob ich meine, dass dein Leben was Vernünftiges ist. Hast du doch."

„Ja, das habe ich."

„Wenn ich ehrlich bin, bis eben war ich mir nicht hundertprozentig sicher. Echt nicht. Dein Haus ist toll, dein Wagen schnell, deine Praxis beeindruckend. Und deine Familie ist der absolute Hammer. So nette Menschen triffst du selten im Leben."

"Und warum warst du dir nicht sicher, ob alles okay ist?"

„Verdammt noch mal, ist dir gar nicht aufgefallen, wie du dich aufgeführt hast? Warst nie zu Hause, immer Arbeit und Kongress. Und wenn du da warst, hast du am PC gehockt. Und das ist Mist in meinen Augen."

„Aber… aber das war nur in diesen Tagen so. Ich muss zugeben, ich bin kein Mann für Besucher. Tut mir Leid. So etwas geht mir eben schnell auf den Zeiger. Ich brauche Platz zum Leben. Und es tut mir Leid, da fühle ich mich durch Besucher oftmals bedrängt. Nicht persönlich nehmen!"

Wenn er schießt, dann schießt er jetzt, dachte Peter. Weil ich ihm gerade eben gestanden habe, dass ich mich bedrängt gefühlt habe von Henning Ungut, von meinem alten Bekannten, für den ich unverständlicher Weise wohl der beste Freund gewesen war. Wenn er den Finger am Abzug hat, dann schießt er jetzt.

„Papa! Hörst du uns?" Gott sei Dank, die Stimmen wurden wieder leiser. Sie schienen sich zu entfernen. Vielleicht waren sie sicher.

„Sie rufen dich noch immer."

„Tu ihnen nichts, bitte!"

„Was sagst du da? Warum sollte ich ihnen etwas tun? Ich habe gesagt, sie sind toll. Eure Familie ist toll. Und weil sie dich jetzt suchen, weil sie wegen dir durch den dunklen Wald marschieren, deswegen weiß ich, dass sie dich verdammt gern haben müssen. Und dann hast du doch alles vernünftig gemacht, Peter. Alles OK!"

Das kann nicht sein, dachte Peter. Langsam drehte er sich um. Markus stand keine zwei Meter hinter ihm. Im Mondlicht waren seine Gesichtszüge nur fahl zu erkennen. Er lächelte. War alles in Ordnung? Konnte er gehen? Freispruch? So einfach?

Schon stand er auf und wollte sich auf den Weg machen. Da erst erkannte er den Lauf des Gewehres am Unterkiefer des Mannes.

„Mach das nicht!" brachte er schwach hervor.

Markus Ungut atmete schwer. Er hatte die Augen geschlossen.

Peter ging langsam auf ihn zu. „Lass es einfach gut sein. Wir brauchen hier keine zweite Entscheidung. Kein zweites Tod oder Leben. Kein zweites Nix für Ungut. Lass es einfach. Es gibt keinen Grund, abzudrücken. Mach selbst was Vernünftiges aus deinem Leben."

Markus Ungut öffnete die Augen. „Das hätte Henning wahrscheinlich auch gesagt."

„Das denke ich."

„Er war ein toller Bruder."

„Er war mein bester Freund", log Peter.

Sand zu Sand

Der deutsche Polizist nimmt mir den Gehstock ab und stützt meinen Arm, als wir die weiße Fähre verlassen und zum ersten Mal einen Schritt auf diese fremde kleine Insel machen, in deren sandigem Grund mein Mann seine letzte Ruhestätte gefunden hat.

„Sie hatten eine weite Reise, von Dover nach Baltrum. Und nun sind es nur noch wenige Meter." Der Polizist geht in zivil. Er spricht manierliches Englisch und ist rührend besorgt um mich. Und ein wenig stolz. Immerhin war es seiner Hartnäckigkeit, seinem Gespür zu verdanken, dass nach sechs Monaten die männliche Wasserleiche von Baltrum identifiziert werden konnte. Ein Wäschezeichen am zerfledderten Kragen hatte den Provinzpolizisten bis nach Großbritannien geführt, wo er mich, die verzweifelte Ehefrau des Verschollenen, fand. Und mitnahm. Zur Begutachtung der wenigen Indizien und zur bevorstehenden Exhumierung. Denn ich wolle die sterblichen Überreste doch sicher nach Hause überführen. Zurück an den Ort, wo ich mit meinem Mann doch jahrelang so glücklich gewesen bin.

So glücklich, dass ich seit vielen Jahren einen Krückstock brauche, nach einem Treppensturz, der keiner wahr. So glücklich, dass ich noch immer nachts dir Tür zuschließe aus Angst, er könne doch noch am Leben sein und wieder über mich herfallen.

Es gibt auf der Insel keine Autos, überhaupt ist hier alles so leise und friedlich. Es passt nicht zu meinem Mann, dass er hier begraben liegt. Oder vielleicht eben gerade doch. Weil er jetzt endlich still ist. Mit der Kutsche fahren wir eine gepflasterte Straße entlang, ich höre die Möwen und das Meeresrauschen, genau wie in meiner Heimat. Nur dass es hier keine Klippen gibt, über die man gestoßen werden kann.

Der Friedhof liegt versteckt in den Dünen. Der Polizist weist mir den Weg zum Grab. Ich nähere mich langsam, mein Stock versinkt bei jedem Schritt im Sand. Jemand hat ein Holzkreuz aufgestellt. „Unbekannter Mann" steht darauf, darunter das Datum, an dem er an den Baltrumer Strand gespült wurde. Und Blumen liegen davor. Frische rote Rosen.

Der Polizist hinter mir räuspert sich. „Sie kommt beinahe täglich", sagt er, und ich weiß, er meint die Frau, die das Grab pflegt. „Sie hat ihren Mann verloren. In Thailand, beim Tsunami. Man hat ihn nie gefunden. Sie fühlt sich für dieses Grab verantwortlich. Hoffentlich sind Sie nicht böse."

Ich schüttle den Kopf. Ich weine. Um den Mann der fremden Frau.

Dann gehe ich fort. Die Papiere für die Exhumierung werfe ich in den Korb neben dem Friedhofstor.

Das Wunder von Emden

Die Kinder im Radio sangen „Süßer die Glocken nie klingen" und Mutter schenkte Tee ein. Vater nahm sich zwei Kluntje und fette Sahne in die Tasse und rührte sogleich darin herum, bis der Rahm sich in buttergelbe Fettaugen verwandelt hatte, die vorwurfsvoll auf der Oberfläche schwammen und in die vorweihnachtlich geschmückte Stube stierten. Oma gönnte sich einen Kandiszucker ohne Tee, sie schob den weißen Kristall direkt in den zahnlosen Mund und lächelte. Dann griff sie wieder nach der alten Illustrierten, in der sie schon seit mehr als einem halben Jahr blätterte. Sie hatte für ihr Alter noch erstaunlich gute Augen, dafür hörte sie den Knabenchor im Rundfunk nicht. Eben erst hatte sie gefragt, ob jemand im Bad den Fön angelassen hatte, sie höre so ein seltsames Summen.

Ich saß auf heißen Kohlen. In einer viertel Stunde lief bei Ebay eine Versteigerung aus, in nur fünfzehn Minuten entschied sich, ob ich das ziemlich geile BMX-Rad ergattert hatte. Die Chancen standen gut, an diesem dritten Adventssonntag um diese Uhrzeit wurden sicher mehrere Vertreter der BMX-Rad-Zielgruppe genötigt, mit der Familie bei Kaffee und Kuchen um den Kerzenkranz zu sitzen.

„Dem Papst sein Auto haben sie versteigert", sagte Oma plötzlich. „Ob der Ratzinger Geldsorgen hatte?"

„Nee, Oma", versuche ich lautstark zu erklären. „Den Wagen hat er schon vor längerer Zeit an einen Zivi vertickt, und der hat ihn im Internet unter den Hammer gebracht."

„Der Papst wurde im Winterbett von einer Kiwi erschlagen?" fragte Oma.

„Junge, red deutsch mit deiner Großmutter!", mahnte Vater und trank den Kaffee in einem Schluck.

„Für ganz viel Geld haben sie den Käfer verkauft. Er war silbern,", wusste Oma.

„Das war ein Golf, Oma!"

„Hä?"

Mutter, die kurz in der Küche verschwunden war, kam mit einem Tablett in der Hand in die Stube zurück und summte in bester Stimmung das „Gloria" aus den Lautsprechern mit. Dann intonierte sie „Krinntstuut…" passend zum mehrstimmigen Gesang der Chorknaben und stellte den unter Puderzucker verschwundenen Kuchen auf die Häkeldecke. Geschickt ließ sie die Klinge des Gebäckschneiders durch den Laib gleiten. Mit verschnörkeltem Tortenheber verteilte sie die Stücke auf den Tellern ihres Sammeltassenservice.

„Ein besonderer Moment: Der erste Korinthenstuten in diesem Jahr!" seufzte sie dabei.

Oma war schnell daran, die süße Scheibe zwischen ihre Kiefer zu schieben. Die Insulinspritze lag für uns griffbereit auf dem Telefonschränkchen.

Ich krümelte auf den Schonbezug meines Sessels und erwartete eine Standpauke, doch gerade als Mutter Anlauf nahm, mir etwas über festgetretene Krumen auf dem guten Stubenteppich zu erzählen, schrie Oma auf.

„Die heilige Jungfrau" rief sie aus und hielt ihr Stück Korinthenstuten andächtig auf der zittrigen Hand gebettet.

„Oma, soll ich die Spritze holen?" fragte Vater und war schon mit halber Pobacke vom Sofa.

Doch Oma strich nur zärtlich über das Gebäck. Ihre altersgefleckte Hand unterschied sich nur unwesentlich vom Rosinenkuchen, im Prinzip nur durch den fehlenden Puderzucker. „Auf meinem Stück Stuten ist mir die heilige Jungfrau Maria begegnet." Dann ließ sie langsam die Hände sinken und die Scheibe rutschte auf ihren Teller. Wir starrten auf den Kuchen.

Er sah aus wie er auszusehen hatte. Graubeiger Teig ummantelte unattraktive Rosinen- und Zitronatflecken und einen Klecks Marzipan in der Mitte, an der oberen Hälfte hatte Oma bereits ein beachtliches Stück herausgelutscht.

Vater und Mutter tauschten besorgte Blicke, und eine Sorge, die den Namen „Altersdemenz" trug, setzte sich neben uns in die gute Stube.

Doch Oma sah glücklich aus. Ein weißer Bart von Puderzucker umspielte ihr Lächeln. „Schaut doch mal, hier", sie zeichnete mit dem krummen Finger die Linie der Bissstelle nach. „Das ist das Haar der Maria. Das Marzipan zeichnet die Gesichtszüge nach. Und hier, diese beiden Korinthen, es sind die Augen, die großen und ehrlichen Augen der Muttergottes!"

Ehrfürchtig erschallte aus dem Radio „Maria durch ein Dornwald ging". Der Schein der drei Adventskerzen hüllte das Kuchenstück in einen Heiligenschein.

Mutter rückte näher an den Teller und legte den Kopf schräg. Die Sängerknaben baten „Kyrieleison!" und in unserer piefiges Wohnzimmer, in dem man an der Tapete noch sehen konnte, dass das gerahmte Portrait von Johannes Paul dem Zweiten etwas größer gewesen sein musste als das von Papst Benedikt dem Sechzehnten, kehrte eine eigentümliche Stimmung ein.

„Die kandierte Kirsche", flüsterte Mutter.

„Die Lippen", ergänzte Vater.

Ich musste zugeben, je länger man den Korinthenstuten meiner Oma ins Visier nahm, desto deutlicher wurde das Bild einer jungen Frau darauf sichtbar, meinethalben auch der Jungfrau schlechthin, das konnte ich nicht beurteilen. „Damit können wir viel Geld machen", flüsterte ich.

„Wie viel?", flüsterte Oma zurück.

Vater, Mutter und ich schauten wie unter Strom in die Richtung der weißhaarigen Dame, die dort so klein und hutzelig in ihrem Schaukelstuhl saß und sich die Lippen abschleckte.

„Oma, kannst du mich etwa hören?" flüsterte ich noch einmal, fast noch ein bisschen leiser als vorhin.

„Was ist, mein Junge?"

„Ein Wunder!" machten meine Eltern unisono wie der reinste Kirchenchor.

Und ich gebe zu, auch wenn ich von diesem Kram nicht wirklich was halte, von Beten und Weihwasser und zehn Geboten und so, aber in diesem Moment war ich mir sicher, ist tatsächlich irgendwas Göttliches an unserem Kaffeetisch passiert. Maria auf dem Korinthenstuten hat meiner fünfundachtzigjährigen Oma das Gehör eines Teenagers verschafft, vielleicht sogar noch besser, weil ohne Discoschaden.

„Du kannst ja wieder hören!" sagte ich.

„Ich konnte die ganze Zeit hören!", antwortete Oma. Aber sie hatte nie einen Zweifel an der Tauglichkeit ihrer Ohren gehabt. Langsam und voller Vorfreude nahm sie den Kuchen vom Teller.

„Nein, um Himmels Willen, nicht essen!" rief ich.

Doch Oma öffnete den Mund.

Ich schlug ihr gegen die Hand und fing den herunterfallenden Kuchen auf.

„Junge!" kam der Vorwurf.

„Nicht essen!" Ich brachte das Gebäckstück nun gänzlich in meine Gewalt und schaute in die Runde. „Bloß nicht essen!"

Vater und Mutter und Oma starrten mich an. Ich setzte mich so kerzengerade hin, wie meine Eltern es sich schon immer gewünscht hatten. Das Radio schwieg.

„Das ist alles ein Zeichen", wusste ich. Die anderen nickten. „Oma hat doch eben diese alte Schlagzeile mit dem Papst-Auto vorgelesen. Da musste ich daran denken, dass dieser Wagen damals an einen amerikanischen Kuriositätensammler gegangen ist. Wenn mich nicht alles täuscht für über hundertachtzigtausend Euro!"

„188.938,88 Euro" korrigierte Oma mit der Illustrierten vor der Nase. Vater und Mutter standen die Münder offen.

„Und diese Firma hat schon für ganz andere Reliquien mächtig Kohle springen lassen. Ich erinnere mich an einen Tortilla-Chips, der ganz entfernt wie diese Papstmütze, diese..."

„Mitra!" wusste Oma wieder besser.

„Genau, der nur ein ganz bisschen wie eine Mitra aussah. Der Chips war am Ende der Auktion satte 1200 Dollar wert."

Nun klappten Vaters und Mutters Münder wieder zu.

„Und ein Stück rohes Hähnchenfleisch, welches dem verstorbenen Papst Johannes Paul II. ähnelte, brachte immerhin mehr als 200 Dollar in die Tasche des Versteigerers."

„Das glaube ich nicht", sagte Mutter. Vater überschlug allem Anschein nach schon, was denn dann wohl ein Stück Emder Korinthenstuten mit Marienbild inklusive von drei Zeugen bestätigte Wunderheilung wert sein könne, und ob es lediglich für eine neue Tapete, vielleicht sogar für einen gebrauchten Golf, am besten für beides reiche.

Ich stand auf und holte meine Digitalkamera. Nicht lang fackeln, dachte ich, gerade jetzt vor Weihnachten ist die Nachfrage sicher immens, wenn es um derlei Heiligtümer geht. Oma wurde in Pose gebracht, die Deckenlampe und das Leselicht bestrahlten ihren Sitzplatz, sie bekam die Häkeldecke über die Knie gelegt, darauf der beste Teller und das Stück Korinthenstuten. Oma lächelte fotogen. Ich knipste gleich ein paar Mal. Machte Detailaufnahmen vom Kuchen und lichtete sogar Omas faltiges Ohr ab.

Dann stürzten Vater, Mutter und ich in mein Zimmer, der PC surrte vor sich hin, ich schmiss die Speicherkarte rein und machte mich daran, die Aufnahmen effektvoll zu bearbeiten. Ein weichgezeichneter Rand um Omas Portrait ließ das ganze noch mystischer erscheinen, mit leichtem Rot unterlegt war die sakrale Bedeutung des Ganzen noch offensichtlicher. Die Idee, mittels digitaler Trickkiste noch einen Heiligenschein um Omas Dauerwelle zu zaubern, verwarfen wir. Wir mussten schließlich nichts verfälschen, uns war wirklich und echt ein Wunder begegnet, es wäre unwürdig, das Ganze kitschig werden zu lassen.

Oma rief aus dem Wohnzimmer.

„Gleich, Mutter, einen Moment noch!" rief Vater zurück. Er formulierte gerade den Text, was nicht einfach war. Es mussten Worte sein, die dem Wert des ganzen gerecht wurden. Wir bastelten gemeinsam:

Scheibe Korinthenstuten mit der Abbildung der heiligen Mutter Maria, die an unserer lieben Großmutter ein Wunder vollbracht hat und ihr nach Jahren des Leidens das Gehör zurückschenkte.

Oma rief schon wieder. Wir vertrösteten sie. Der Wortlaut war noch nicht optimal.

Heiliges Stück traditionell gebackenem Emder Korinthenstuten, auf dem die Gottesmutter in Erscheinung trat, um einer schwer kranken alten Dame den Lebensmut zurückzugeben.

„Oma, nun warte doch eben, wir sind gleich fertig!"

Schließlich entschieden wir uns für: *Der Schöpfer selbst hat diesen heiligen Emder Korinthenstuten gebacken und uns damit die Muttergottes geschickt, um Kranke und Verwundete zu heilen, so geschehen und von drei Christenmenschen bezeugt am 3. Advent in Emden in Ostfriesland an unserer geliebten Großmutter.*

Wir fanden den Text großartig. Nicht zu pathetisch und doch feierlich. Vielleicht ein wenig, ein ganz klein wenig zu dick aufgetragen, immerhin wusste meine Mutter ganz genau, dass sie selbst den Stuten gebacken hatte, doch je länger sie nachdachte, desto weniger konnte sie mit Bestimmtheit sagen, dass ihr nicht doch eine höhere Macht die Hand geführt hatte, als sie die Zutaten zusammenknetete und den Teig um die Marzipanwurst legte.

„Und jetzt?" fragte Vater und tippte auf den Monitor. Ich konnte mich nicht daran erinnern, dass meine Eltern sich jemals auch nur ein bisschen für das World Wide Web interessiert hatten. Doch nun glänzten die Augen meines Erzeugers ob der Möglichkeit, im Internet das ganz große Geld zu machen.

„Nun kommt doch mal!" rief Oma wieder, ein wenig schwächlich, aber sie war ja auch schon alt.

„Sei nicht so ungeduldig!" schalt Mutter in Richtung Nachbarzimmer, ohne sich einen Millimeter von meinem Arbeitsplatz zu bewegen, wo ich zwischenzeitlich schon auf die Startseite des Internet-Auktionshauses gelangt war.

„Aber..." kam es kläglich von nebenan.

„Ruhe jetzt!" riefen wir zu dritt.

Es war nicht kompliziert, die Daten zu überspielen. Ich kannte mich bei Ebay auch bestens aus. Meine Eltern staunten nicht schlecht und überlegten, welche Sachen aus der Garage und vom Dachboden man noch alles auf diese bequeme Art und Weise loswerden konnte. Vielleicht war Omas Sessel ja auch von Interesse? Wenn wir erst einmal genug Geld hatten, wäre vielleicht auch eine größere Wohnung drin. Dann könnten wir den ganzen Plunder versteigern, oder zumindest alles, was in mittelbarer und unmittelbarer Nähe des Wunders gestanden hatte. Die verlockenden Aussichten auf unsere Zukunft ließen uns schwelgen. Oma war auch still. Wie gut.

Dann war es soweit. Ich drückte den Enter-Knopf und stellte unser Auktionsgebot ins Netz. Zufrieden lehnte ich mich zurück und betrachtete das Ergebnis. Seriös und doch werbewirksam bot meine Familie nun den heiligen Korinthenstuten der ganzen Welt feil. Nun hieß es: Abwarten und Angebote zählen.

"Lass uns die Oma rüberholen, das muss sie sehen", sagte Vater überwältigt.

„Ich habe ja meine Zweifel, ob sie das hier überhaupt versteht", gab Mutter zu bedenken und tat ein wenig so, als wäre sie die Computer-Fachfrau schlechthin.

Ich stand auf und schlenderte ins Wohnzimmer, aus dem es nach ungetrunkenem Tee und Marzipan roch.

Im Hintergrund sang wieder ein Knabenchor „Leise rieselt der Schnee". Ich sah die Sauerei vor Omas Füßen. Sie musste wieder einmal genascht haben und dabei ist ihr wohl der Kluntjetopf entglitten, die verräterische Kandiszange lag zwischen den klebrigen Krümeln. Wahrscheinlich hatte sie deswegen auch unentwegt nach uns gerufen. Ihre Hände im Schoß hielten den Teller mit dem unschätzbaren Familienvermögen locker umschlungen. In ihrem Mundwinkel klebten kleine Kristalle. Sie schlief scheinbar. Kein Wunder, nach der Aufregung.

Erst als sie zur Abendbrotzeit noch immer genau so da saß, kamen wir auf den Gedanken, dass sie tot sein könnte. Der Hausarzt eilte herbei und diagnostizierte einen Zuckerschock, mehr oder weniger ohne eingehende Untersuchung, die verräterischen Umstände machten die Sache offensichtlich.

„Wir dachten, es ginge ihr richtig gut", jammerte Mutter. „Immerhin schien es heute Nachmittag mit ihrer Schwerhörigkeit auf einmal besser zu werden. Sie war ganz und gar helle im Kopf. Wer konnte mit so etwas rechnen?"

Der Arzt nickte verständnisvoll. „Es geschieht oft, gerade bei Zuckerkranken, dass im akuten Fall der Körper all seine Kräfte mobilisiert. Adrenalin wird ausgeschüttet, alle unsere Sinne arbeiten auf Hochtouren. Dies mochte auch bei Ihrer werten Mutter so gewesen sein. Vielleicht hat sie gerade wieder einmal zuviel des Süßen zu sich genommen. Ich sehe dort diesen köstlichen Korinthenstuten stehen. Würde mich nicht wundern, wenn die alte Dame da nicht wiederstehen konnte. Machen Sie sich keine Vorwürfe..."

Er reichte uns reihum die Hand.

Wir nickten ernst und betroffen.

Die Versteigerung wurde für ungültig erklärt, nachdem der letzte Bieter – wie erhofft ein Sammler von kuriosen Reliquien aller Art – erfahren hatte, dass die alte Dame, an der das Wunder geschehen war, kurz danach das Zeitliche gesegnet hatte. Schade, er hatte immerhin 26.746,94 Euro geboten.

Den heiligen Korinthenstuten haben wir noch eine ganze Weile im Brotkasten aufbewahrt. Ostern habe ich die Scheibe im Biomüll entsorgt.

Meine Mutter behauptet bis heute, der Schimmelpilz habe die Form des heiligen Franz von Assisi gehabt.